# ORIGINE DELLE FESTE VENEZIANE

## VOL. IV

### GIUSTINA RENIER MICHIEL

Texte et illustration de couverture : © domaine public
Edition : Culturea (Hérault, 34)
Contact : infos@culturea.fr
Retrouvez notre catalogue sur http://culturea.fr
Imprimé en Allemagne par Books on Demand
Design typographique : Derek Murphy
Layout : Reedsy (https://reedsy.com/)

Dépôt légal : janvier 2023


ISBN : 9791041844876

## ALLE CURZOLARI.

Malgrado le pubbliche allegrezze, manifestate a Venezia l'anno 1474 per la liberazione di Scutari, la Repubblica non avea tratto a dir vero, un gran vantaggio da questa guerra. Nondimeno uno ve n'era d'importantissimo per l'opinione pubblica; quello di aver vinto un potente nemico col quale non eravi speranza di poter conciliare una pace solida ed onorifica. Tale si fu in fatti dopo questa vittoria l'energia del popolo, e tale si era allora la grandezza dello Stato, che malgrado la lunga e penosa guerra sostenuta contro i Turchi, si poterono rimettere tosto le perdite fatte in Albania, prodotte particolarmente dal cattivo clima, ed armar di nuovo cento galee da opporre alle forze Ottomane. Il valoroso Antonio Loredan, appena eletto generalissimo di mare, era subito partito per la sua destinazione. Egli si trovava a Lepanto, allorchè quel medesimo eunuco Solimano che aveva combattuto sotto Scutari, vi arrivò con trenta mila Turchi per circondare la città. Ivi il tenne assediato per quattro mesi, ma poi fu costretto a ritirarsi. Si portò quindi presso l'isola di Lemnos, sperando di poterla prendere per assalto. Già la sua grossa artiglieria abbatte le mura, atterra le porte di Cocino, ma una pronta ed intrepida resistenza dà tempo a Loredan di volar al soccorso. Lemnos è salva: Solimano è in piena fuga.

Liberato così da un nemico ostinato, il Loredan fece venire alla sua presenza tutti i valorosi che avevano tanto contribuito alla buona riuscita dell'affare. Li lodò tutti indistintamente in modo assai lusinghiero; indi volle essere più particolarmente informato del merito singolare di ognuno per poter egualmente distribuire le proporzionate ricompense. Non potrebbesi passar sotto silenzio, che fra tanti eroi si trovò pur anche una eroina, il suo nome era Marula, nata a Lemnos. Testimonj oculari assicurarono, che suo padre essendo stato destinato alla difesa d'una delle porte di Cocino, si oppose egli con tanto ardore al nemico che ne restò ucciso, e già i Turchi stavano sul punto di penetrare nella città. Ma che? La figlia di quel prode non s'arresta ella a versar inutili lagrime sul cadavere del padre estinto; la sete di vendetta, l'amor di patria la rendono superiore al suo sesso; imbraccia lo scudo e le armi paterne, sostiene essa sola per qualche tempo tutto l'impeto de' nemici, rincora col suo esempio anche i più codardi, riaccende i più arditi, e per tal modo, secondata da' suoi, ottiene la maggior gloria nello sterminio de' Turchi, contribuisce ad inseguire i fuggiaschi sino alle navi, e vendicando così la morte del padre facilita grandemente il buon esito dell'impresa. Ciò inteso dal Loredan, gliene testificò la sua viva soddisfazione; indi le fece rimettere una somma di danaro superiore a quella di ogni altro; inoltre le offerse di scegliersi un marito fra tutti que' valorosi, promettendo di farla dotare dal governo. Marula rispose con nobile contegno: «Più de' tuoi premj mi lusingan le lodi di sì magnanimo capitano, l'aver salvata la terra, e non inulto lasciato il mio fortissimo padre. Quanto allo sposo che m'offri, arditi e valorosi sono certo tutti costoro che mi circondano, ma la mia mano sarà di colui che a queste doti congiunga e probità e gentilezza, onde trovare nel matrimonio una felicità permanente.» Tutti esaltarono la prudenza e la sagacità di questa donna singolare, e forse essi pure, al par di noi, si saran sovvenuti di quell'altra donna di Lemnos celebrata da Ovidio. L'una e l'altra si sono distinte per il loro amor filiale; il ferro cadde dalla mano d'Issipile alla vista del padre che uccider dovea; Marula alla vista del padre ucciso afferra il pugnale, e lo immerge nel cuore agli uccisori; l'una procurandogli la fuga lo fa salire al trono; l'altra col suo proprio valore lo innalza all'immortalità. E forse anche si fu la sciagurata avventura dell'antica principessa che rese la nostra Marula così circospetta pel matrimonio; poteva essa pur temere con ragione di trovar fra le armate Venete qualche altro amabile ed infedele Giasone.

Ma riprendiamo il filo della nostra storia. Maometto vedendo il cattivo esito delle sue armi, spedì a Venezia per trattar daddovero la pace; ma più che la pace segnata colla Porta Ottomana ciò che molto contribuì alla tranquillità de' Veneziani, si fu la morte quasi improvvisa dello stesso Maometto, accaduta nell'anno 1481. Con questa morte i principi Cristiani perdettero il nemico più terribile.

Bajazette, suo figlio, divenne il padrone dell'impero. I Veneziani non tardarono a ratificare con esso l'accordo fatto con suo padre. Però durante il suo regno recò gravi danni ai Veneziani. Una congiura dei grandi della Porta gli fece porre la corona imperiale sulla testa di suo figlio, il quale temendo un qualche cangiamento lo fece avvelenare.

In tal modo dunque l'anno 1512, Selino cominciò il suo regno. E non pago ancora, fece andar a morte due suoi fratelli, otto suoi nipoti, ed altrettanti bassà, che pur reso gli avevano grandi servigj in più occasioni. Formidabile in guerra, battè i Persi, disfece varj piccoli Principi, ed uccise il sultano d'Egitto presso ad Aleppo in Siria. Tante vittorie riportate da un monarca sì feroce, atterrirono i principi Cristiani, i quali parve che alfine si risvegliassero dal vergognoso letargo sì nocevole alla cristianità tutta. Per ultimo dopo un grande scorazzar di corrieri, sulla fine di marzo 1515, in una campagna aperta dell'Austria inferiore, presso il castello di Traustmandorff si unirono all'imperator Massimiliano, e Udislao II re d'Ungheria, e Sigismondo I re di Polonia, e Lodovico I re di Boemia per concertare in un congresso fra loro il modo d'interessare tutta l'Allemagna, la Ungheria, la Polonia e la Boemia alla comune difesa, ed innalzare un argine alla dilatazione delle conquiste Ottomane. L'Italia tutta se ne rallegrò assai, sperando di ottener da quella unione la sua permanente salvezza. E tale si fu la fama sparsa da per tutto di questa famosa dieta, che Selino stesso se ne spaventò grandemente, e volle essere informato di ogni cosa. A tal fine spedì segretamente sul luogo alcuni renegati, perchè destramente penetrassero i disegni di que' potenti, e lo ragguagliassero delle loro determinazioni. Ritornati quelli riferirono, non avere veduto niente di più di ciò che suol farsi in adunanze consimili. La Dieta altro non essere che una crapula; nei banchetti, dati a vicenda, consumarsi i giorni e le notti; le conferenze essere di parole senza nulla concludere; disputarsi di frivole preminenze; i capi guadagnar battaglie immaginarie, ciarlando a mensa imbandita dimentichi d'ogni apparecchio militare, e versar molto vino milantando di voler far versare a rivi il sangue. Conobbe da tutto ciò Selino di non aver più nulla a temere, e ricominciò con nuovo ardor le sue imprese.

Ma poichè il nostro oggetto non è quello di scrivere nè la Storia Turca, nè la Veneta, ma solamente que' fatti, che condurci devono all'origine delle nostre annue feste, ommetteremo di narrare que' diversi combattimenti, que' vani progetti di Crociate, quelle tante alleanze di mala fede, quegli egoismi politici che fanno gemere la morale, ed infine quelle alternative di guerra e di pace, che avemmo co' Turchi per lungo spazio di tempo.

Nell'anno 1569, Selino II formò il progetto d'invadere il regno di Cipro, che allora apparteneva alla Repubblica di Venezia. Benchè le due potenze fossero in pace fra loro, pure sedotto dalle adulazioni di tristi consiglieri, egli non si fece scrupolo di volersene impadronire. La sorpresa dell'attacco, i tardi, benchè sempre promessi soccorsi degli alleati della Repubblica, assicurarono a Selino la riuscita dell'impresa, di modo che in meno di due anni di tutto il floridissimo regno di Cipro non rimaneva più ai Veneziani, che la sola città di Famagosta. I principi Cristiani videro con terror i progressi de' Turchi; offersero forze di difesa; si tenne un consiglio generale; vi si concertarono le operazioni da farsi, e venne creato Capitan generale della Lega don Giovanni d'Austria figlio naturale di Carlo V. Se Filippo, che regnava allora nelle Spagne, fosse stato di buona fede nel voler soccorrere i Veneziani, don Giovanni avrebbe potuto mostrarsi vero figlio di un uomo illustre, degno di quel rango, che Filippo gli avea spontaneamente accordato, e quel medesimo eroe, che aveva alquanto prima discacciato i Mori dal regno di Granata. Ma la gelosa politica della corte di Spagna fece anche in tale occasione agir lentamente, cosicchè quella intrepida guarnigione di Famagosta, che per un anno intero avea sopportato tante fatiche, e tanti pericoli, e ch'era per la maggior parte coperta di nobili ferite, disperò di potersi più sostenere. Essa non aveva nemmeno più cavalli, nè cani da nutrirsi; non una goccia di vino, nè d'acquavite, e neppur aceto per correggere l'insalubrità dell'aria. Le malattie mietevano que' prodi, che rimanevano ancora, ed ognuno mancava di qual si sia soccorso. La vicinanza con i nemici dava luogo a frequenti colloqui. Essi non trascuravano di fare le maggiori esibizioni ai Cristiani per ridurli a capitolare, dicendo esser questo l'unico mezzo per preservarli dall'ultimo esterminio. Nel tempo stesso si sentivano strepiti sotterranei, indizj dell'escavazioni di nuove mine coll'esempio d'altre, che avevano portato in aria intere compagnie di soldati. Degl'Italiani n'erano rimasti soli seicento, e questi pure stanchi, ed esausti dalle fatiche e dalla fame: gli Albanesi ed i Greci più aggueriti erano per la maggior parte morti combattendo: ormai non restava più nulla a sperare di esterni ajuti. Per queste estreme angustie Matteo Golfi di Cipro con altri suoi compagni si recarono dai comandanti Veneti, rappresentando loro che il popolo di Famagosta non aveva altro ad offrire in sacrificio, se non l'ultimo eccidio di sè stessi e della città. Che se avessero ancor vigore i corpi, non lascierebbero di esporli tuttavia come in passato; ma che non avendo il male altro rimedio, si volesse liberare dall'imminente desolazione la patria fedele, col riserbare il misero avanzo di cittadini, le mogli, i figliuoli da una prossima morte o dall'irreparabile schiavitù. Con lagrime e singulti scongiurarono di venire ad un accordo co' Turchi, adducendo gli esempi di Rodi ed altre città, alle quali i nemici avevano serbata la fede promessa. Si mossero a pietà que' Comandanti, considerando inoltre che, ridotte le cose a tal punto, sarebbe piuttosto pazza e crudel ostentazione, che vero coraggio il voler sostenere per anco una piazza, dove altro più non rimaneva, che un pugno di soldati inabili, e ch'era molto meglio salvare il rimasuglio di questi valorosi, ch'esporli all'ultima sciagura. Fu dunque inalberato il vessillo bianco, e si venne ad una capitolazione. Fu convenuto che la guarnigione uscirebbe con armi, bagagli e cinque pezzi di cannoni; ch'essa sarebbe trasportata in Candia sopra i vascelli Turchi; che gli abitanti sarebbero in libertà di abbandonare l'isola di Famagosta per andare dove più lor piacesse, recando seco quanto ad essi apparteneva; e quelli che preferissero di trattenervisi, sarebbero esenti dal saccheggio e dalla schiavitù.

Poscia che questi articoli furono segnati da una parte e dall'altra, la città di Famagosta fu rimessa in potere de' Turchi. Ma quali mai sono le promesse de' barbari? I soldati si misero tosto a saccheggiare, ed a commettere tutti gli orrori. Marc'Antonio Bragadino già comandante di Famagosta, fece porgere al bassà Mustafà, le sue lagnanze, e questi mostrò di dargli ragione; anzi aggiunse che desiderava, dopo di aver ammirato il suo valore e i suoi talenti, di conoscerlo personalmente. Il Bragadino gli si presentò dinanzi accompagnato d'altri tre comandanti, Astore Baglioni, Luigi Martinengo, Antonio Quirini, e quaranta de' suoi artiglieri. Il bassà cortesemente li accoglie, si trattiene ragionando con loro sopra gli avvenimenti dell'assedio; indi chiede al Bragadino un ostaggio pel libero ritorno da Candia de' suoi vascelli, e gli dichiara di volere il bellissimo giovane patrizio Antonio Quirini. Il Bragadino, che ben s'avvide delle brutali voglie del sozzo Mustafà, ricusa fermamente di consegnarlo. La disputa si accende, il bassà più non dissimula; scoppia in vivissime imprecazioni contro i Veneziani, e passando dalle ingiurie al furore, ordina in sul fatto a' suoi soldati di assicurarsi di tutti, e di tagliar loro la testa. Il Bragadino fu riserbato ad altro momento, contentandosi per allora di fargli solo tagliar le orecchie. Ordinò inoltre di porre in ceppi quanti Veneziani, e Cipriotti v'erano, che non avevano potuto pagare il loro riscatto, e li condannò alla schiavitù. Tra questi eravi pur anche Lorenzo Tiepolo, ch'era stato ultimamente governator di Baffo. La sua nascita, il suo rango meritavano ogni riguardo. Il barbaro Bassà espresse il suo rispetto alla sua foggia; lo fece impiccare all'antenna della sua galera. La feroce rabbia di Mustafà non fu ancor sazia. Volle essere presente all'orrida esecuzione ordinata sopra il Bragadino. Lo fece condurre in mezzo alla stessa piazza da lui sì gloriosamente difesa, ed ordinò che, legato ad una colonna, fosse scorticato vivo. Sostenne il misero tutte le angoscie d'una lenta morte colla fermezza di un eroe, colla rassegnazione di un martire. Poich'egli spirò, Mustafà volle aggiungere l'oltraggio a tanto raffinamento di atrocità: fece empir di paglia la pelle del valoroso atleta, la fe' porre sopra il dorso di una vacca, e girare per tutta la città. Indi attaccolla sopra l'antenna della galera, perchè fosse esposta alla vista di ognuno, e destinolla poscia ad essere trasferita a Costantinopoli, per venire depositata nel bagno dell'arsenale, dove per qualche tempo vi stette come trofeo della barbarie musulmana. Fermiamoci un momento ad osservare la forza del destino sopra le vicissitudini umane. Questa pelle strascinata, oltraggiata, avvilita, è stata poscia dalla famiglia Bragadino ricuperata, custodita, trasportata a Venezia, e depositata in un'urna, sopra la quale fu eretto il busto al naturale del nostro Marc'Antonio in mezzo a due lioni, simboli del valore e della fortezza. Questo bel monumento di fino marmo fa ora parte di quella superba galleria, che vedesi nel celebre Tempio de' santi Giovanni e Paolo sempre più abbellito ed arricchito dalle cure del degno suo preside don Emanuele Lodi, ora pregiatissimo vescovo di Udine. Non puossi fissar l'occhio sopra questo monumento, e sopra le pitture che lo circondano dimostranti la carneficina, che il nostro eroe ebbe a tollerare, e sopra l'inscrizione postavi sotto, senza sentirsi vivamente colpiti di ammirazione per tanta virtù, e di un giusto sdegno verso quell'infame bassà, che osò dopo tanti delitti entrar glorioso in Costantinopoli. La viltà di quegli abitanti lo fece accogliere qual trionfatore in mezzo a tutti gli onori; benchè la sua vittoria costato avesse all'impero più di 50000 uomini, ed avesse egli imbrattato la sua nazione con una sì inumana condotta.

All'annunzio di tante atrocità, e de' progressi de' Turchi, parve più che mai ai principi cristiani necessario di agire risolutamente contro le forze ottomane. Le squadre degli alleati, ch'erano di ducento e cinquanta legni fra grandi e piccoli, trovavansi a Messina munite di ogni lor bisogno. I Veneziani principalmente si sentivano vivamente bramosi di vendicar tante offese. Essi avevano per lor comandante il valoroso Sebastian Venier, che quantunque più che settuagenario, non la cedeva a qual si sia valoroso, in coraggio e intrepidezza. Vi avevano inoltre, come di consueto, due provveditori, Agostin Barbarigo e Marco Quirini, entrambi reputatissimi; ma niente potevano intraprendere, poichè il comando generale apparteneva tuttavia a don Giovanni d'Austria. Questi convocò il consiglio di guerra per decidere della direzione da prendersi da tutta l'armata. Fu sua opinione di rientrare nel golfo di Venezia. Il Venier espose tosto la sua, che fu di andar immediatamente verso Lepanto ad incontrar il nemico. Questa opinione rinforzata da quella dell'eloquente Barbarigo, approvata da tutti i comandanti Veneti, ed anche dal general pontificio Marc'Antonio Colonna, prevalse a segno, che fu immediatamente posto ordine ad ogni cosa per la partenza. La notte che andò innanzi al settimo giorno di ottobre, l'intera armata pervenne in quello spazio di mare, ch'è fra il golfo di Laerte, e quello di Lepanto, alla vista delle isolette de' Curzolari, poste non lungi dal Promontorio di Azio, famoso per quella battaglia navale, che fu l'unica, che decidesse di un massimo impero. E fu forse tal vista, e così grandi rimembranze, che contribuirono a fare che D. Giovanni d'Austria obliterasse ogni suo disgusto cogli altri comandanti, ed altro più non ascoltasse che la voce del proprio onore. Fece egli spiegar il vessillo della lega per disporsi al combattimento. Vide egli tosto schierarsi in linea tutte le galee con una prontezza meravigliosa; vide tutti i Comandanti montati su i loro navigli animar gli equipaggi all'attacco; vide e soldati e marinaj rispondere con un sol grido di gioja, per poter finalmente cimentarsi col nemico; vide il prode Venier armato da capo a piedi, che dimentico degli anni dimostrava il maggior ardimento: tutto ciò vide D. Giovanni, e da uomo veramente di gran cuore, già balza sulla Galera del Venier, e per la prima volta gli dice parole amorosissime, e gli promette di stringer vieppiù il nodo della Santa Lega. Il General Colonna, che di diligenza e di valore non si lasciò giammai superar da' suoi illustri antenati, avvicinossi anch'egli al Venier, e si mostrò infiammato del più vivo ardore contro i nemici. Tutto ciò empì di vero giubilo, e delle più sicure speranze il rispettabile vecchio.

Il Bassà Alì comandante de' Turchi, forte di quattrocento e più navigli, animato dai vantaggi riportati ultimamente sopra gli Alleati, dalle forze Ottomane, ed inoltre ingannato nel numero delle nostre Galee, perchè le isole delle Curzolari toglievano la vista di molte, risolse di andar ad incontrare gli Alleati. Già le due flotte nemiche si trovano a fronte: il Barbarigo è il primo ad essere attaccato da Siloc Alì, che comandava il destro corno. Questi vi scaricò addosso un nembo di saette; ma egli intrepido sostenne per quasi un'ora l'assalto Turchesco. Non diffidando punto de' suoi, gli parve però che non fossero abbastanza uditi i suoi comandi, perchè teneva coperto il viso collo scudo: se lo scoperse quando appunto i nemici più fieramente saettavano; ed essendogli detto che si coprisse, perchè correa pericolo di essere ferito, rispose, che minor offesa egli sentirebbe di rimaner ferito, che di non esser udito. E di fatti i suoi comandi furono poscia sì bene intesi, e sì bene eseguiti, che potè egli stesso dar addosso ai nemici, e con estremo valore si abbordò con Siloc Alì, e lo fece suo prigioniere. Ciò veduto dai suoi Rais, cercarono la lor salvezza ne' vicini scogli, e forse nessuno sarebbe scappato dalla morte, se il Barbarigo non avesse ricevuto una crudel ferita in un occhio; pure furono inseguiti, ed un gran numero ne rimasero uccisi, ed altri per la fretta di salvarsi su que' scogli, s'affogarono nelle acque.

Il Comandante imperiale Alì trovavasi nel mezzo a fronte delle Galee sottili, e percosso alle spalle dalle grosse, fece rinforzare i remi per sottrarsi dalla tempesta del cannone; ma D. Giovanni ed il Veniero, riconosciuta all'insegna la Galera imperiale, l'investirono di concerto. Fece lo stesso il Colonna con quella di Portau Bassà, ed in tal modo nacque un feroce combattimento con ardor pari, egual danno, strage certa, incerto evento. Venier era da per tutto; e già vedonsi bentosto i soldati cristiani saliti sulle Galee Turchesche recarvi grandissime stragi; non meno gravi però si vedevano gli animosi Turchi salir sulle Galee cristiane; e tanta rovina si fe' da una parte e dall'altra, che è difficile il descrivere. Il rimbombo delle cannonate, il fischio della moschetteria, gli urli de' Turchi, i gemiti de' moribondi componevano una musica spaventevole. Ma già la Galera imperiale è sino all'albero guadagnata; un colpo maestro di D. Giovanni la sottomette, e vedesi cangiar lo stendardo Turco in quello della Croce. Alì ebbe la testa spiccata dal busto, e innalzata sopra una lancia, perchè resa visibile aggiungesse coraggio ai vittoriosi, e terrore ai vinti. Il Colonna anch'egli bravamente conquistò le Galere di Portau e Caracoza; il primo gettatosi in un caicchio ebbe appena il tempo di salvarsi; il secondo perì combattendo; le loro squadre furono interamente disfatte.

Rimaneva ancora il sinistro corno da conquistare: esso era comandato da Uluzzalì, che in sul principio riportato aveva qualche vantaggio; ma sopraggiuntovi Marco Quirini, si rifece ben presto del danno sofferto dai nostri. I Galeotti Veneziani, che dal Venier ottenuto avevano la loro liberazione, si fecero conoscer degni di sì prezioso dono, combattendo da valorosi; nè men fieramente combatterono a pro' nostro quegli Schiavi Cristiani di tutte le nazioni, che si trovavano nelle armate nemiche, gettati sotto ai banchi; poichè, forzate le guardie, salirono in piedi, e fecero sforzi prodigiosi per procacciarsi lo scampo, e dare ai nostri la vittoria. Sanguinosissima fu la pugna, orrenda la strage. Finalmente Uluzzalì vedendo abbattuti da per tutto i Stendardi Turcheschi, giudicò ciò ch'era, che le cose degli altri Bassà fossero andate male, e temendo la medesima sorte per sè stesso, si diè disperatamente alla fuga verso terra con que' legni, che potè raccorre; ma i nostri inseguendoli furiosamente, e non cessando l'artiglieria di fare un continuo fuoco sopra di loro, anche quella squadra venne quasi interamente distrutta, e videsi il mare coperto di rottami di navigli, e di cadaveri sanguinanti. I Cristiani assicurati della completa vittoria, si abbandonarono a tutta la gioja, ed i gridi di allegrezza rintronarono l'aria.

D. Giovanni fece allora invitare il Comandante Venier di recarsi da lui. Questi, tutto che ferito, non mancò di portarvisi subito. Quando il principe lo vide, gli si fece incontro tutto lieto, lo abbracciò, chiamandolo col dolce nome di padre, ed attribuì ad esso il principal merito della vittoria. Il General Colonna gli fece anch'esso le medesime congratulazioni, e gli elogi più distinti. Era in vero cosa assai commovente il vedere tanti cospicui soggetti, animati tutti da un unanime sentimento, e gioir senza invidia di un esito sì felice. Quindi tutti rientrarono nelle loro Galere. I legni nemici che non poterono seguire la nostra flotta, furono incendiati, gli altri rimurchiati, e tutti s'avviarono nel Porto di Petalà. Era spettacolo affatto imponente il veder passare tante schiere vincitrici fra le isole delle Curzolari, menando in trionfo tanti legni conquistati, che tutti non potevano capire in quel porto; cosicchè fu d'uopo agli altri radunarsi intorno a quelle isole. Gettate le ancore, si fece la generale rassegna. Dell' armata Cristiana v'ebbero 7500 uomini uccisi, fra quali 2300 Galeotti Veneziani, ventisei patrizj, e tre nobili di terraferma; i feriti superarono di molto il numero degli estinti; ma si ebbero più di 15000 schiavi liberati, e fattine 3486 di Turchi; i lor morti oltrepassarono il numero di 30000; i legni presi furono 224; i pezzi d'artiglieria fra grossi e minori furono 373 con tutti i loro attrezzi; tutte le altre cose andarono a ruba.

Questa memorabile vittoria ottenuta nello spazio di tre ore incirca, tuttochè si continuasse a combattere per altre sei, dev'essere considerata non solamente come il maggior avvenimento del secolo, di cui parliamo, ma di tutti quelli, che sin allora avevano avuto luogo, compreso anche le disfatte di Serse, e la vittoria riportata da Augusto in quelle medesime acque sopra il suo rival Marc'Antonio. Che se la nostra non ebbe una egual celebrità, ciò fu perchè la gelosia e la politica delle Corti, e particolarmente di quella di Spagna, impedirono di trarne un frutto proporzionato, che solo decide della pubblica opinione. Di fatti potrebbesi mai credere che il passaggio delle Alpi di Annibale fosse stato così rinomato, se le conseguenze fossero state men luminose? Luminose però potevano essere anche le nostre, se vi fosse stato un accordo ingenuo e disappassionato fra tutti i principi Cristiani; poichè a quel momento potevasi assai facilmente conquistare la capitale stessa dell'impero Ottomano: tutto tutto era in sì gran costernazione, che venne subito eretto ai Dardanelli un Forte, adoperandovi trenta mila persone, onde accelerare il lavoro; tanto era grande lo spavento, che gli alleati non s'inoltrassero nello Stretto, come di fatti far potevano e dovevano. E Selino stesso per tema di una rivolta, non si credette più in sicuro a Costantinopoli, ma andò a rifuggiarsi in Andrinopoli. Indi più presto che potè diede la pace ai Veneziani, che dovettero accettarla per la poco buona volontà e unione degli alleati, che troppo temevano la loro grandezza.

Un'altra ragione pur v'ha della poca rinomanza della nostra vittoria, ed è che non tengonsi generalmente per grandi e per magnanime se non quelle azioni, che vengono narrate e celebrate da uomini celebri eglino stessi. E non solamente la nostra battaglia, ma la storia tutta delle guerre co'

Turchi è stata più particolarmente trascurata da tutti gli storici non meno stranieri che veneti. Gli uni forse credettero di acquistarsi poco applauso riferendole; non già perchè mancassero loro campioni in battaglia degni di essere encomiati, ma perchè forse parve loro odioso assunto il dover palesare la mala fede de' trattati, la freddezza de' principi cristiani. I Veneti, che pur furono i principali, e quasi i soli oppositori de' progressi de' Turchi, non diedero che piccioli saggi di tale storia, forse per timore di essere tacciati di aver combattuto in apparenza a vantaggio comune, ma in effetto a fine d'ingrandir sè medesimi con sì preziosi acquisti. Questi riserbi comecchè ragionevoli, ci tennero al bujo su i moltiplici avvenimenti d'un interessantissima istoria, e nella quale ci sarebbero ancora tanti eroi da consegnare alla fama. Bello sarebbe stato certamente il vedere la più forte tra le nazioni marittime di allora sparger sangue e tesori per togliere al giogo la Grecia, e nell'atto di estendere i limiti del suo impero, confortare i discendenti di tanti eroi della libertà con nuove leggi, ornarli di nuovi usi, e richiamarli da un immeritato squallore alla dignità di civile e rispettabil nazione.

Appena entrarono i nostri nel porto di Petalà, Onfredo Giustiniani venne spedito a Venezia a recarne la faustissima nuova. Allorchè la sua Galera entrò nel porto, fece una scarica generale d'artiglieria in segno di allegrezza. Il popolo in folla si ragunò al molo, e vide lo spettacolo veramente straordinario di un numero grandissimo di soldati vestiti tutti alla Turchesca, e le bandiere ottomane parte strisciar sull'acque, parte svolazzare per l'aria. Non si dubitò più della felice riuscita dell'impresa, e ciascuno ebro di gioja esclamava altamente Vittoria! Vittoria! Abbracciavansi l'un l'altro senza conoscersi, e senza badare a differenza di età e di sesso: l'entusiasmo era generale, poichè l'onor della patria apparteneva a tutti egualmente. Tale si fu la moltitudine accorsa in torno al pubblico palazzo, che il Doge e la Signoria, dopo di aver udito il ragguaglio del prospero avvenimento, nello scendere alla gran Piazza, durò fatica a poter passare per mezzo la calca, ed entrare in chiesa, onde cantarvi il Te Deum.

Vennero poscia ordinati colla maggior prontezza i funerali a que', che rimasti vittime della morte, non ebbero il dolce conforto di ritornar in patria a cogliere il premio del loro valore. Si volle che solenni fossero acciocchè il termine della loro vita corrispondesse alle splendide geste da loro operate, ed alla grande rimembranza, che di se avevano lasciato. L'onore e la riconoscenza regolarono gli apparati, e la pompa nella chiesa di S. Marco. Non simboli funebri, non catafalchi o cipressi, ma trofei, ma spoglie nemiche, ma festoni di lauro e di mirto. Una numerosa orchestra, rinforzata dalle rimbombanti bande militari, accompagnò il canto degli inni e del Santo Sacrificio. Abbagliante fu l'illuminazione, giacchè non avevasi già a richiamar alla mente l'oscurità de' sepolcri, ma lo splendore vivissimo della gloria. Anzi per allontanare ogni idea men che lieta, qual suolsi nelle consuete pompe mortuali, venne scelto per recitar l'orazione funebre non già un ecclesiastico, ma un secolare, un nostro insigne senatore, Paolo Paruta, onde nel lodare colla sua maschia eloquenza i cittadini morti in battaglia, non obbliasse gli elogi del popolo, e con tal mezzo nodrisse in lui quelle faville di virtù, che sono naturalmente riposte nel cuor degli uomini, a risvegliar le quali niente più vale, quanto la pubblica lode. Che se tale entusiasmo eccitò fra gli ateniesi l'orazione funebre recitata da Pericle, che le madri e le vedove di que', ch'egli aveva encomiato, il ricondussero alla sua casa tra i maggiori trasporti di gioja, non minore deve essere stato quello eccitato dal nostro celebre oratore; poichè poco appresso si videro concorrere spontanei e nuovi figli e nuovi sposi alle successive imprese della Veneta Repubblica. A questa grande solennità intervenne tutto il corpo importante, col doge stesso alla testa vestito nella sua massima gala.

E per maggiormente appagare tutti i cuori, il pio Senato ordinò, che per quattro giorni di seguito, così in tutte le parrocchie di Venezia, come in tutte le città e terre del Veneto continente, si cantassero i Sacri Inni, e si facesse una processione solenne tra il suono de' sacri bronzi, ed il rimbombo dell'artiglieria. Indi venne permesso di celebrare anche con feste civili questo grande avvenimento.

Allora si fu che Venezia si presentò come la città la più florida e la più magnifica di tutte quelle di Europa. Sarebbe troppo lungo il narrare qui tutto ciò, che fu fatto in quest'occasione. Pure per aver un'idea delle somme ricchezze, e dell'estremo lusso di questa metropoli, daremo un'occhiata a quanto fecero i mercanti di panno nel loro quartiere di Rialto.

Dal superbo ponte, sino alla strada dei giojellieri, compreso il porticato, sotto cui si succedevano le botteghe, innalzarono una specie di firmamento artificiale, formato di un finissimo panno celeste sparso di stelle d'oro, che si estendeva sopra tutto questo spazio. Le botteghe, i muri esterni, le colonne, le panche, che aggiravano intorno per sedere, furono tutti coperti di tapezzerie le più ricche e le più rare. Da ogni arcata scendevano festoni ornati di frange d'oro. Tutto all'intorno della piazza di Rialto fu appeso un panno del più bello e fino scarlatto, sul quale si attaccarono a distanze eguali i Quadri de' Pittori più rinomati di allora, che col rendere eterne le nostre geste gloriose, ed i volti de' nostri eroi, procacciavano in tal modo anche a se stessi l'immortalità. Per vieppiù colpir la mente de' cittadini e de' forestieri si fece sorgere in mezzo alla piazza una specie di piramide circondata dalle armi, spoglie e trofei presi al nemico in questa memoranda giornata navale. A piedi del ponte si piantò un grand'arco, ed uno pure in faccia, cioè al principio della strada de' giojellieri. Su ambidue stavano intrecciati gli stemmi della Repubblica e degli alleati. Per ogni dove vedevasi svolazzare il vittorioso vessillo di san Marco.

Compiuti tutti questi preparativi, si cominciò la mattina dal celebrar una messa solenne ad un altar portatile, che fu posto sopra un apposito palco eretto dinanzi l'antica chiesa di san Jacopo. Poscia si mise in ordine la processione composta del clero della parrocchia, de' musicanti della cappella ducale, e del corpo de' mercanti di panno; era preceduta da pifferi, da trombe e tamburi. I fuochi di gioja, il suono delle campane accompagnarono questi atti divoti; il concorso del popolo e la serenità dal cielo confluirono moltissimo ad accrescere il lustro e la pompa.

Ma un nuovo giorno e più abbagliante ancora succedette al tramonto dell'astro vivificante. Un infinito numero di lumi, che risplendevano nella piazza, sul ponte, su ogni edificio, davano a tutti quegli oggetti un aspetto magico, e veramente incantatore. Le torcie e le candele poste sopra grandissimi candelabri d'argento in ogni bottega; ed i lampadarj dorati in aggiunta ai fanali accesi, riflettendo il lor lume sul tetto del porticato, realizzavano il progetto già prima concepito di offrir l'aspetto maraviglioso d'un nuovo firmamento. L'aria rimbombava di concerti armonici formati da numerose orchestre sparse qua e là. Il concorso era immenso. Le donne di ogni condizione venivano qui a passeggiare, facendo pomposa mostra de' loro vezzi, e de' loro più ricchi abbigliamenti. Gli uomini dimenticando la loro età, il loro rango, si frammischiarono alla gioventù la più vivace ed amabile; e tutti indistintamente godevano di quel luogo sorprendente. Gruppi di gente mascherata, quali con istrumenti musicali, quali con fiaccole accese percorrevano gaiamente tutto questo spazio. Generale era la gioja, la pace, la concordia, l'unione. Tre giorni e tre notti durò la splendidissima festa.

L'esempio dato dal corpo de' mercanti di panno, lungi dall'abbattere il coraggio degli altri corpi, gli accese piuttosto di una nobile emulazione; dal che successe che non solamente tutti i corpi de' mercanti nostri, ma quelli ancora delle differenti nazioni, che avevano quivi i loro fondachi, chiesero la permissione al governo di poter essi pure testimoniare pubblicamente la loro esultanza per l'accrescimento di gloria acquistatosi nuovamente dalla Repubblica. Ne' primi corpi si distinsero i giojellieri, i quali tanto gareggiarono in ricchezza e buon gusto co' Drappieri, che rimase indeciso a chi dar si dovesse la preferenza. Tra i secondi furono i Tedeschi, che si fecero grandemente ammirare. Per tre giorni e tre notti alla lunga resero il loro fondaco un palagio incantato. In quel vastissimo spazio sfoggiarono ricchezze così immense, da far comprendere assai chiaro a tutti gli spettatori, che qui trovavano quella moderazione, e quell'equità, che formano le basi d'un saggio governo, e che assicurano la felicità individuale e generale. Tutta la popolazione vi accorse, e la soavità delle orchestre eccitò ognuno alla danza ed alla gioja la più amabile.

Testimonianze così luminose dell'universale affezione verso la Repubblica, non potevano che soddisfar vivamente quelli, che ne tenevano le redini. Essa è la ricompensa la più bella, che mai possa ricevere un governo; essa inoltre è la vera forza, e la sicurezza dello Stato in ogni occasione anche la più pericolosa. Non è mai abbandonato chi è amato di cuore.

Allorquando tutte le feste ebbero fine, pensò anche il governo ad esternare in più modi la memoria delle sue glorie; e poichè queste avevano avuto compimento nel giorno di santa Giustina, ordinò che s'innalzasse sulla gran porta dell'arsenale la statua di quella Santa. Essa fu opera stimatissima, anzi fra le migliori del Campagna, e vedesi anche oggidì portante questa inscrizione:

VICTORIAE NAVALIS MONUMENTUM MDLXXI.

Fu coniata inoltre una nuova moneta, il cui nome si volle fosse Giustina, e le si pose l'epigrafe:

MEMOR ERO TUI, JUSTINA VIRGO.

Nè paghi ancora i nostri buoni padri, vollero per giunta che ogni anno il doge colla Signoria andasse in gran pompa alla chiesa dedicata a questa Santa; il che fu fatto.

Ma non solo a Venezia fu celebrata annualmente questa vittoria. Pio V considerando essere accaduta precisamente il giorno dedicato alla santissima Vergine del Rosario, e che alla di lei intercessione attribuir si poteva la riportata vittoria, ordinò che si facesse un perenne anniversario in rendimento di grazie. Anche a Lovanio nel Belgio la vi si celebra tuttavia; anzi quest'anno 1821 tre mesi prima del giorno della festa s'incominciavano i preparativi, e venne annunziata in que' fogli nella maniera la più solenne, quale si fu la seguente:

"Si celebrerà in Lovanio nella chiesa parrocchiale di Nostra Donna il ducencinquantesimo anniversario del memorabile trionfo de' Cristiani nel combattimento contro i Turchi, per la protezione speciale della madre di Dio, Santa Maria della Vittoria. Questa festa durerà quindici giorni."

Girolamo Diedo fece una minuta relazione della battaglia de' Curzolari, ch'è molto stimata. Essa ed i suoi eroi vennero celebrati da un gran numero di poeti i più famosi. Nè certo fu la parzialità o l'adulazione che risvegliò la lor vena, mentre miste alle lodi de' Veneti, cantarono anche quelle di don Giovanni d'Austria, e del general Colonna. Anzi in onor del primo il dotto Giambattista Amalteo pose mano anche alla Cera Greca, componendo una bella ode, che leggemmo di recente tradotta dal sig. Francesco Negri, uno de' nostri cittadini di colto e gentile ingegno, che tratta liberalmente, e senza fasto le lettere, ed al quale i più teneri vincoli di amicizia e riconoscenza ci stringono.

La qui descritta battaglia viene talvolta sì dai poeti che dagli storici detta di Lepanto, ma più comunemente delle Curzolari; e con tuttochè queste scagliose isolette, che stan di fianco ad Itaca, fossero sotto il nome di Echinadi così note agli antichi, che non havvi greco o latino geografo, che non le ricordi, pure dal momento della nostra vittoria divennero sì famose, che il nome di Curzolari risuona anche adesso sulle labbra di tutti, e risuonerà eterno, finchè un impensato incendio non s'appigli a tutte le storie, e non incenerisca con esse i fasti delle più illustri azioni. Ma mentre così scrivo, m'avviene di legger cosa, che potrebbe farmi disdire, e quasi accusar me stessa di menzogna, se l'autorità di certi nomi avesse forza bastante a distruggere il vero. Un capitano inglese di gran grido e di gran merito, pubblicamente ci annunzia di aver egli il primo a questi dì scoperte le isole adiacenti ad Itaca, e le va enumerando ad una ad una, e ci fa sapere i lor nomi. Ad aggiunger peso e credibilità al suo annunzio, concorre il voto applauditore d'un astronomo geografo e letterato di prima sfera; ed ambidue fanno a gara nel celebrare l'insigne scoperta, tacciando così di crassa ignoranza nulla men che tutti i secoli anteriori, ed anche il più cospicuo magistrato della Repubblica Jonia, il quale a detta loro, nell'udir l'esistenza di luoghi posti a sessanta miglia dalla sua patria, fece le meraviglie, come se fossero allora allora sorti dall'onde. Da qual lato però stia l'ignoranza cel dimostra il non lungo articolo, che il valoroso signor Acerbi dettò nel suo Giornale. Esso basta a convincere chicchessia, ch'è molto facile il crederci scopritori di terre agli altri ignote, quando si visitano senza la previa conoscenza de' libri, e delle mappe anche le più comuni, e quando facciasi tacer la ragione a segno di non riflettere, ch'è impossibile che nel grembo di paesi i più frequentati e più illustri del mondo abbia ad esservi un angolo così remoto e spregevole, che sia sempre sfuggito all'osservazione degli uomini.

Qual tempio è questo che si maestosamente torreggia? chi eresse questo monumento a gloria dell'eterno? Fu la riconoscenza di tutto un popolo, per averlo liberato dalla peste, il più orribile di tutti i flagelli, che nell'anno 1576 avea crudelissimamente infierito contro la nostra patria.

Anche prima di quest'epoca Venezia fu di tutti i paesi d'Italia il più spesso assalito da sì tremendo morbo. E non è a stupirsi, sol che si rifletta al commercio esteso, e puossi dir esclusivo, che negli antichi tempi ella faceva per mare co' Turchi del Levante, e colle città dell'Asia. Aggiungasi la mancanza d'ogni disciplina, non essendovi per anco alcuna valida legge di polizia medica; oltrechè l'avidità di guadagno de' nostri mercadanti e marinaj giungeva a deludere tutte le cure e le vigilanze del governo. Quindi è che Venezia venne attaccata dalla peste sino a tre, ed anche quattro volte in ogni secolo.

I nostri Cronisti cominciano a parlare dei grandi sterminj ch'essa fece nel secolo X, ed ancor peggio nel XI e nel XII. Ma tutte sorpassò la peste del secolo XIV. Questa fu quasi universale, poichè serpeggiò per una gran parte dell'Asia, dell'Africa e dell'Europa. Anche Venezia ne fu fieramente infetta, e benchè non vi ci durasse più di sei mesi, pure novanta famiglie nobili rimasero estinte, e la popolazione tutta si sminuì a segno, che convenne invitar de' forestieri per ripopolar la città. Fu conosciuto allora la necessità d'un ospizio, che servisse di soggiorno a que', che in simili occasioni fossero afflitti da tal malattia. Da quel momento si pose mano all'erezione dell'edifizio, che fu piantato sopra uno scoglio di queste lagune, dove dimoravano i monaci di Santa Maria in Nazaret, dal che poscia per corruzione di lingua acquistò il nome di Lazzaretto. Questa fabbrica comoda e vasta potea capire, e pur troppo capì più volte sino a dieci mila persone. Ma in un'altra epoca egualmente fatale non la si trovò ancora bastante per soddisfare alle provvide viste del benefico ed umano governo. Quindi un secondo ospizio sopra un altro scoglio s'innalzò, posto dirimpetto al primo, e chiamossi Lazzaretto nuovo. Tali alberghi nel 1576 furono tutti e due riempiuti.

L'epoca è questa su cui sono costretta ad arrestarmi, e a richiamare la memoria d'uno spettacolo il più triste, che la natura presenti; d'un funestissimo tempo, in cui l'uomo soffre senza speranza, vive nel dolore senza soccorsi, e senza consolazione sen muore. L'Italia in un sol punto fu colta tutta dal terribile flagello della peste, e lo fu sì vivamente, che parve giunto il luttuoso istante della sua total distruzione. Lo spavento e la carestia facevano a gara con questa crudel nemica a chi più presto sapesse cangiarla in un deserto. Più robusti ch'erano gli uomini, più facilmente ricevevano gl'influssi di un veleno, che d'ordinario tanto più feroce diviene, quanto son maggiori le forze, che la natura gli oppone. I bambini allattanti, care speranze d'una generazione novella, o perivano per deficienza del necessario alimento, o succiavano insieme con esso il velen della morte dal seno di una madre spirante. I colpi spietati moltiplicavansi, riproducevasi con una rapidità da atterrire i più intrepidi. Da una morte ne pullulavan mille altre. Il torrente non conobbe più argini, e in un momento le case, le strade, le piazze intere si copersero di morti e di moribondi. Nelle ville stesse, nelle campagne, ne' luoghi più ascosi penetrarono gli effetti funesti del contaggio. Tutto era solitudine, lutto. Le case riuscivan più lugubri de' sepolcri; da per tutto respiravasi un alito mortale, esalante dalle cataste d'uomini o defunti o semivivi, nè v'avean braccia bastanti a togliere questi monti di cadaveri; poichè da per tutto rinascevano quasi altrettanti trofei della morte, la quale ogni dì più colla strage i suoi trionfi accresceva. Scorreano incessantemente per le vie certe carrette funebri cariche delle reliquie dell'umanità, ed il loro incontro continuo raddoppiava il pubblico raccapriccio. Le fosse più larghe e più profonde, non sì tosto scavate, traboccavan di morti. Finalmente per colmo di disperazione le chiese medesime, quell'asilo degl'infelici, quell'estremo rifugio, quando più nulla rimane a sperare nè dagli uomini, nè dalla natura, con saggia e necessaria precauzione erano tutte chiuse.

Da un orrore di simil fatta non andò per sua disgrazia esente la città di Venezia. Risparmiamo a' nostri lettori novelli dettagli dell'eccidio, che anche tra le nostre lagune il morbo produsse, e trasportiamo invece le nostre idee sopra immagini ben consolanti e dolcissime, dipingendo le benefiche e paterne cure del governo che con esempio forse unico nella storia de' secoli considerò come sue proprie le sciagure di ciascun individuo, e si prestò ad alleggiarle, profondendo ricchezze, e tutto ciò che immaginar poteva la pietà caritatevole a favor di ogni classe di persone, e segnatamente di quella, che per la sua indigenza destava ancor più tutta la compassione.

Appena si scoprì che la peste era entrata in Venezia, si cominciò dal collocar nel Lazzaretto vecchio gli ammalati, e nel nuovo i sani, ma pur sospetti d'infezione per aver comunicato co' primi, e vi dovean risiedere per una quarantina di giorni. Sì nell'uno, che nell'altro ospizio v'avea un Preside col nome di Priore, che a tutti dovea sopraintendere; v'avean serventi, medici, chirurgi, e di più alcune mammane pel servigio delle femmine, e quanti infine potevano riuscir proficui alla travagliata umanità.

Ciò poi che formava uno spettacolo assai singolare ed imponente, e che dovea piuttosto rappresentare una delle nostre feste trionfali e marittime, era la vista di più di tre mila barche, dove si collocarono da otto a dieci mila persone, la maggior parte mendiche; benchè v'avessero anche de' ricchi cittadini, che persuasi d'esser meglio assistiti, vollero approfittare del servizio pubblico, facendone però essi la spesa.

Sul maggior naviglio sventolava in alto la gran bandiera di S. Marco visibile a tutti, anche a molta distanza; ed essa era il segnale, oltre il quale niun potea passare. Presso la bandiera stava eretta una forca, tremendo segnale della severità, con cui s'intendeva punire chiunque avesse trasgredito i provvidi superiori comandi.

Sull'alba i visitatori passavano di barca in barca ad esaminare se vi fosser malati, e trovandone alcuno, facean che si trasportasse al Lazzaretto vecchio, siccome i sospetti conducevansi al nuovo. Alquanto dopo giungevano i battelli carichi di pane, di vivande cotte, di pesce e di vino. Ogn'individuo ottenea la sua porzione, e la distribuzione facevasi così ordinata e tranquilla, ch'era uno stupore a vedersi. Altre barche arrivavano poscia ripiene di acqua da compartirsi per bere, per servigio della cucina, e per altri usi.

Queglino poi ch'erano tratti al Lazzaretto nuovo, provavano gran consolazione nel vedersi cordialmente accolti da chi li avea preceduti, ed il loro ricevimento inspirava nel cuore una soave confidenza. Colà viveasi non men senza soggezione, che senza inquietudine; e se sott'altro cielo si costumò sempre, che chiunque dal pubblico ha gli alimenti, debba al pubblico almeno retribuire coll'opera e co' lavori, sotto il veneto cielo tal condizione in quel frangente non ebbe luogo. Ivi regnava l'abbondanza di tutto, eppure n'era insieme bandita ogni fatica; parendo ai pietosi governanti non essere mai soverchia qualunque indulgenza, qualunque sollievo per chi sta in continuo dubbio di morte. Dovea altresì contribuire moltissimo alla tranquillità e serenità dell'animo tanto necessarie alla situazione di quegl'infelici, la permissione a bella posta accordata ai lor parenti ed amici di visitarli. Queste visite eran per essi un momento di vera festa, malgrado gli orrori della circostanza, poichè venivano spesso accompagnate da belle serenate, e da suntuosi rinfreschi. Che più? Tu avresti detto esser quello il tempo della rigenerazione della natura, anzi che quello della sua fatal distruzione: tanto è vero che un buon governo produce la felicità de' suoi sudditi, e sa perfino alleggiare i mali, a cui la specie umana di sovente è soggetta.

Sull'imbrunire partivan le visite, e s'udiva allora ripercuoter un divoto concerto di voci, che uscivan proprio dal cuore, dirette ad implorar dall'Altissimo la perpetua conservazione della Repubblica, ben più che la lor propria.

Dopo di che s'accendevano gran fuochi di ginepro onde purificar l'aria; e a questo fine venivano ogni dì dall'Istria e dalla Dalmazia vascelli carichi di quest'arbusto. Durante la notte, non udivasi articolar una voce, o destare uno strepito capace di turbare l'universal riposo; talchè lungi dall'accorgersi ch'ivi albergavano dieci mila persone, altri avrebbero creduto non esservi colà anima vivente.

Nuova scena non meno ammirabile presentava dalla parte del lido un'infinità di case di legno costrutte per ordine pubblico in riva al mare per il medesimo oggetto, le quali da lontano vedute offrivano all'immaginazione l'idea di una nuova città balzata fuori dall'onde, e facevano bella ed elegante prospettiva.

Prese così dal governo tutte le più saggie ed accorte misure sì per i suoi sudditi di Venezia, che per quelli della terra ferma, non si dimenticò di ricorrere al cielo, perchè facesse cessare questa terribile malattia, ch'era nel colmo della sua furia, ed immergeva que' cuori paterni nel più acerbo duolo. A quest'oggetto dunque vennero ordinate preci generali per ottenere la protezione della Santa Vergine, e quella di S. Rocco. Poscia il religioso Senato fe' concorde voto d'innalzare un Tempio nell'isola della Giudecca al Supremo Redentore, perchè facesse cessare l'esiziale flagello, aggiungendovi l'obbligo solenne di portarvisi ogni anno in processione.

Ed infatti non sì tosto cessò il contagio, che si pensò ad adempiere la promessa; e il giorno stesso 21 luglio 1578, in cui proclamossi la felice liberazione della città, si decretò che ogni terza domenica di tal mese fosse in perpetuo il dì destinato a tal visita. Ma non volendo indugiar fino all'erezione del Tempio per eseguire questa divota funzione, si supplì intanto col formare una specie di portico intralciato di tronchi e di frasche, e coperto di ricche stoffe, in fondo al quale si eresse un altare per collocarvi l'immagine del Redentore, dipinta da eccellente artista, e nobilmente incorniciata d'oro.

Siccome poi la processione si prevedeva numerosissima, tanto per quelli, che doveano comporla, quanto per tutto il popolo, che la divozione e la sensibilità dovea attirare, e che troppo difficile sarebbe stato il traghettarla a traverso il canale per via di barche, così si pensò di gettare un ponte sopra una ripa di grossi battelli, tramezzato da un arco, onde lasciar libero il passaggio delle gondole. Il ponte cominciava dalla piazza di S. Marco, e metteva capo a S. Giovanni della Giudecca. Benchè assai lungo fosse lo spazio, pure dal momento, che ne fu concepita l'idea, a quello dell'esecuzione non corsero che quattro giorni, e fu prodigio. Si ornò la biblioteca, e le colonne tutte colle bandiere di S. Marco, e con festoni d'alloro, ornamento prediletto in tutte le nostre solennità, e le nostre feste.

La funzione fu accompagnata da una compunzion generale. Aprivano la processione uscita dalla chiesa di S. Marco, le confraternite primarie, ed il clero tutto; la seguivano il Doge, la Signoria, gli Ambasciatori, il Senato. Giunto il Doge sul ponte, sarebbesi detto che l'universo tutto esultava, tanto era il rimbombo delle campane, de' cannoni, de' tamburi, delle trombe, che misto alle vive grida del popolo feriva l'aria ed il cielo. La folla di gente di ogni condizione apparve sì sterminata, come se ne' due precedenti anni non fosse morto alcuno, ma piuttosto fossero stati introdotti nuovi abitanti a lustro maggiore della città.

L'anno susseguente nel giorno 3 maggio il Doge Luigi Mocenigo vestito in tutta la maggior magnificenza andò col Patriarca Trevisan a porre la prima pietra del votivo edifizio, e deposevi alcune monete colla leggenda: Ex pio solemnique voto Reipublicae. Il magnifico tempio fu innalzato su modello dell'immortal Palladio, principe de' nostri architetti. Non ci vogliam qui diffondere nel descrivere l'elegante proporzione della sua maestosa facciata, ed ancor meno la ricca decorazione de' rari e bellissimi marmi, che aggiungono splendore al suo interno. E chi non sa che quanti si recano a vederlo, siano dotti o indotti, sentono nascere entro sè stessi tal senso di ammirazione, che non dubitano di annoverarlo fra le fabbriche le più stupende, che si possono in qual siasi luogo ammirare?

La festa del Redentore continuò ad essere sempre considerata come sacra e solenne, ed ogni anno si costumò di rinnovarne le cerimonie. Ma in progresso di tempo si meschiò alcun poco di profano. La facilità offerta da questo straordinario e inusitato ponte di passare da una all'altra parte per diffondersi sulle rive e ne' giardini della Giudecca, onde respirare il fresco sotto de' pergolati, invitava il popolo a godere tutta la notte della festa, e come a Venezia chiamasi, della sagra del Redentore. Tosto si videro, a somiglianza di quella di Santa Marta, le strade, le fondamenta, i giardini empiti di quelle cucine ambulanti, e di quelle cene semplici e gaie, nelle quali nulla aveavi che turbasse l'innocente piacere. Bello era il vedere brigate di artigiani, di operai, di gondolieri colle lor mogli e figliuoli, frammiste a crocchi di dame e cavalieri, o adagiate sull'erba, o sedute a rozzi deschi. Eguale in tutti era la letizia, eguali i cibi; il pollo arrosto era in quella sera il protagonista delle cene. Ognuno approfittava con vera soddisfazione di un'eguaglianza, che accresceva la felicità comune.

In oggi cessò la bella solennità; gl'incentivi scemarono, e con questi quasi sparirono il concorso e le cene; pure alcuni resti si vedono ancora. E come no? Il popolo senz'altro esame segue sempre quelle consuetudini, il cui scopo è il divertimento, e le segue con tanto maggior trasporto, quant'è minor la riflessione, che impiega e sopra sè stesso, e sopra il passato.

Festa del giorno di S. Rocco.

Nella festa precedente vedemmo il popolo di Venezia ricorrere all'intercessione di S. Rocco, affinchè ci ottenesse dal cielo la liberazione dal flagello della peste, che nel 1576 atrocemente incrudelì; e vedemmo altresì in qual modo venisse adempiuto il voto fatto a Iddio Redentore, allorchè la città conseguì il sospirato beneficio. Ma la pubblica pietà non trascurò di rendere giusto tributo di riconoscenza anche al santo intercessore. Per volontà del Senato il dì di S. Rocco fu dichiarato festivo, e ad ogni annua sua ricorrenza venne prescritta la visita solenne del Doge alla chiesa a lui dedicata.

In una Repubblica sì sagace e sì illuminata, come la nostra, cosa non v'era, che mirasse ad un solo oggetto. La divozione, benchè sincera, avea sempre frammischiata qualche vista politica. Quelle maestose comparse del principato in corpo erano aggraditissime alla popolazione tutta, ed arrecavano sommi vantaggi allo stato. La visita a S. Rocco merita di essere con distinzione considerata.

Poscia che il Concilio di Costanza approvò unanimemente nell'anno 1414 il culto verso il glorioso S. Rocco, e riconosciuta l'efficacia della sua intercessione presso l'Onnipossente nelle malattie contagiose, molte città d'Italia si affrettarono con pubbliche dimostrazioni di manifestare la loro venerazione verso questo Santo, e il loro desiderio di poter meritarsi il suo favore. Venezia, siccome città marittima e commerciante, fu in ogni tempo soggetta al terribile malore. Essa non fu dunque delle ultime a ricorrer a lui, e nell'anno 1478 una di molte persone d'ambi i sessi, e d'ogni condizione chiese ed ottenne la permissione dal governo di ragunarsi in confraternita sotto lo stendardo di S. Rocco. In principio teneva essa le sue radunanze nella chiesa di S. Giuliano, poscia si unì ad una società, ch'erasi precedentemente formata nella chiesa di Santa Maria Gloriosa dei Frari. Il numero degl'individui di questa confraternita s'accrebbe vieppiù, quando nel 1485 un monaco Camaldolese fu tanto felice da poter rapire il corpo di S. Rocco, ch'era con somma gelosia custodito in Ughiera, castello nel milanese appartenente alla famiglia Dal Verme, e portarlo a Venezia. Non potrebbesi dire abbastanza la gioja del popolo, e quella sopra tutto della confraternita di S. Rocco, in pensare ad un tanto prezioso acquisto. Ognuno da quel momento si tenne certo di trovarvi una salute permanente, e di non aver più nulla a temere dalla contagione. Sul momento fu deposto quel sacro corpo nella chiesa di S. Giuliano. Ma tale si fu la divozione, la liberalità, la premura della confraternita per erigergli un apposito Tempio, che nell'anno 1490 fu in caso di trasportare solennemente questa preziosa reliquia nella nuova chiesa dedicata al suo nome.

Qualche tempo dopo, cioè nel 1516 la medesima confraternita prese la risoluzione d'innalzare un altro edificio per tenervi le sue radunanze, il quale fosse insieme adattato alla santità di varj altri oggetti, quelli cioè di venerar la religione, di ajutare gl'infelici, e di abbellire la città. A tal fine chiamò essa i professori più rinomati nelle belle arti, ed ordinò loro di formare una unione la più perfetta di tutte e tre le amabili sorelle, cosicchè potesse meritarsi l'universale ammirazione, e si rendesse degna di passare alla più lontana posterità.

Mentre occupavansi in questa grande impresa, il Tempio fabbricato con troppa fretta cominciò a crollare. Ciò fu, per così dire, una vera consolazione per que' divoti e generosi confratelli; poichè tosto risolsero di rifabbricarlo più ricco e magnifico, e tale che fosse in armonia coll'edificio già bene avanzato della confraternita. S'io dovessi qui narrare con esattezza ciò che v'ha di più mirabile in questi due superbi edificj, nulla potrei far di meglio, che ricopiare quanto ne dice il dotto Ab. Moschini nella sua Guida di Venezia da vero conoscitore. Basti a me il dire che gli stessi forestieri, e fossero pur del rango più elevato, all'entrar quelle soglie si sentivano colti dal maggiore stupor in veder colà riunita una sì gran quantità di pitture, di scolture, d'intagli; nell'esaminare la ricchezza e l'abbondanza degli utensili sacri; nello scorgere la profusione de' marmi più ricercati e più rari; e considerando inoltre che tali enormi spese erano state incontrate da semplici particolari, ad onta di lunghe e dispendiosissime guerre sostenute a difesa del proprio onore e della nazional indipendenza. Niuno v'era che potesse di là scostarsi, senza trarre una buona lezione anche per sè medesimo, nell'osservare gli effetti utilissimi delle buone leggi, e di un governo, che col lasciare a ciascuno la libertà di godere a suo modo de' frutti del proprio travaglio, era causa principale che se ne facesse un uso sì buono.

Le occupazioni di queste virtuose Compagnie, tra noi chiamate Scuole Grandi; e l'utilità che traevano da esse tutte le classi, e la repubblica stessa, l'abbiamo altrove toccato. Quella di san Rocco composta di mercadanti potè distinguersi fra tutte per ricchezza, e meritare con ciò dei privilegi esclusivi. Il giorno del Santo era il giorno del suo maggior trionfo. Recavasi il Doge nelle sue barche dorate alla chiesa, vestito nella maggior gala, e coll'accompagnamento della Signoria, del Senato e degli ambasciatori. Le principali cariche della Confraternita, chiamate la Banca, erano destinate ad accoglierlo. Il Guardian Grande presentavagli un mazzetto di fiori, e collocavasi vicino ad esso; il SottoGuardiano ne presentava uno pure agli ambasciatori ed alla Signoria, mentre altri confratelli ne dispensavano a tutti gli altri del seguito. Entrato il Doge in chiesa ed approssimato all'altar maggiore, il Cappellano della Confraternita aveva il privilegio di dire la messa, mentre in tutte le altre occasioni spettava al Cappellano Ducale il celebrarla. Terminata la messa, i serventi portavano sopra grandissimi bacili d'argento candele di cera in copia, che venivano ad ognuno distribuite, cominciando dal Doge. Di là passava la comitiva col Doge alla testa in una delle sale della Confraternita per adorarvi le Sante Reliquie, tesoro preziosissimo di quella Società. Se nel montare quelle superbe scale taluno sentivasi gelar d'orrore, allo scorger dalle due bande dipinti al vivo i terribili effetti della peste, ogni impressione dovea cancellarglisi nel gettar l'occhio sul gran quadro della Crocifissione, che si presenta di fronte, entrando nella sala: opera stupenda di Jacopo Tintoretto, del quale non puossi veder niente di più nuovo in soggetto così ripetuto, e nel quale risplende il vero genio e la scienza la più profonda.

Il Doge non si partiva da quel luogo senza fare un gentil complimento, e dirigendo più particolarmente la parola al Guardian Superiore, lo commissionava di porgere alla Società tutta l'approvazione del governo, e le assicurazioni della sua speciale predilezione. Aggiungeva poi per suo proprio conto le proteste della sua viva riconoscenza verso tutti i suoi buoni Confratelli (giacchè tutti i Dogi al momento della loro elezione divenivano membri di questa Società) per l'accoglienza graziosa, che ne avea ricevuto. Riverenze sincerissime erano la risposta la più eloquente di tutti i cuori.

Il Doge col suo augusto accompagnamento s'imbarcava finalmente, e ciascuno si restituiva alle proprie case; ma i buoni Confratelli non sapevano separarsi senza parlare della felicità, e senza promettersi reciprocamente di continuare con tutti i loro sforzi ad onorar la religione, e a dedicarsi interamente a vantaggio e decoro della loro amatissima repubblica.

Se abbiamo tuttavia un resto di questa bella solennità; se il decreto della sua soppressione, come pure della Confraternita è stato ritirato; se non fu convertito il superbo edificio, raro deposito di cose mirabili, ad usi profani e vili; se spogliandolo delle sue ricchezze, non si osò spogliarlo degli oggetti delle belle arti, il dobbiamo alla perseveranza, ed ai buoni uffizj del suo degno Cappellano Don Sante Valentina, il cui ardente patriottismo, la cui divozione sincera, e il desiderio del bene non poterono mai affievolirsi, malgrado le tante opposizioni ch'egli ebbe a sostenere. Possa egli godere per lungo corso d'anni del residuo de' suoi privilegi, che forma il principale oggetto della felicità della sua vita.

Relazione delle Feste

## OFFERTE IN VENEZIA

## A S. M. FEDERICO IV

## RE DI DANIMARCA E DI NORVEGIA

Verso la fine dell'anno 1708 il governo di Venezia venne a sapere col mezzo del suo ambasciatore a Vienna il Cavalier Lorenzo Tiepolo, che Federico IV re di Danimarca e di Norvegia era in viaggio per l'Italia, e che intendea di passar qualche tempo a Venezia. La posizione tanto lontana di questi regni non offriva veruna corrispondenza, nè verun rapporto d'interessi colla repubblica: nondimeno il cuor de' Veneti esultò per gioja all'udire che potrebbesi ammirar da vicino un Re, cui la fama annunziava essere dalla Providenza destinato a fare la felicità de' suoi sudditi, a divenir l'esempio de' monarchi, e ad eccitare l'ammirazione universale. Non erano scorsi che nove anni, da che egli era asceso al trono; pure potevasi credere che lo fosse da un secolo. Quantunque sotto il regno del defunto suo padre una specie di gelosia gli avesse chiuso l'ingresso al Consiglio, nondimeno, allorchè nel 1699 prese in mano le redini del governo, la sua applicazione al travaglio, e la sua intelligenza negli affari produssero grandissimi vantaggi in ogni ramo della pubblica amministrazione. I suoi talenti guerrieri ebbero occasione di comparire sulla scena negli avvenimenti dell'anno 1700; e s'egli fosse stato secondato da' suoi alleati il Czar Pietro I, e Augusto Re di Polonia, come lo fu il suo avversario dall'Inghilterra e dall'Olanda, non sarebbe stato costretto di far la pace. Seppe egli approfittare di questo riposo dalle guerriere cure per prendere molte misure utili nell'interno de' suoi Stati. Conobbe particolarmente la necessità di aumentare le sue risorse militari per formarsi una milizia nazionale, ch'è la difesa più rispettabile di uno Stato, e la custodia più sicura per un monarca equo e giusto. Ma ciò che più illustrò il suo nome si fu l'abolizione della schiavitù della gleba, alla quale era soggetta la maggior parte de' villici del suo regno. Fece loro conoscere che avevano una patria da amare e difendere, un cuore da innalzare a nobili e dolci sentimenti, e ch'essi potevano infine risguardarsi come posti a livello degli altri uomini, ed esiger rispetto e soccorso. La repubblica di Venezia sentiva dunque gran desiderio di dare a questo Re le prove le più luminose della sua alta considerazione. Fece quindi intendere a Sua Maestà ch'era suo voto ardente il riceverlo come re di Danimarca e di Norvegia; ma Federico rispose al Senato che preferiva di essere ricevuto come semplice Conte di Oldembourg, affine di poter più liberamente godere de' divertimenti del Carnevale, e approffittare così senza riserva della Società de' nobili Veneziani. Convenne a cedere un desiderio sì lusinghiero. Un altro motivo inoltre rese questa dichiarazione soddisfacente. Allora quando un monarca giungeva a Venezia col suo proprio nome, era il pubblico che faceva le spese del ricevimento, ed un governo paterno quale si era quello della repubblica, soffriva sempre con ribrezzo il trovarsi costretto ad aggravare di nuove imposte i suoi popoli; ma allorchè un principe veniva incognito erano alcune patrizie famiglie, che destinavasi a questo dovere di ospitalità; e tuttochè generalmente i nobili vivessero in una maniera assai frugale e modesta, pure in simili occasioni si addossavano volentieri tali sacrifìzj per quel patriottico sentimento che li animava, qualor trattavasi della cosa pubblica. In questo caso il Senato scelse quattro Deputati dell'Ordine Equestre, come più adattati alla dignità di un sì illustre soggetto. Essi furono il Cavalier Nicolò Erizzo, il Cav. Giambatista Nani, il Cav. Daniel Dolfin, ed il Cav. Morosini di san Canzian. Inoltre diede ordine a tutti i Rappresentanti delle città di Terra ferma, per dove il Re passar dovea, di apprestargli il ricevimento il più onorevole e magnifico. Di fatti allorchè S. M. Federico IV giunse a Verona ai 14 dicembre 1708 con un seguito di cinquantaquattro de' principali signori della sua corte, vi trovò già in pronto il più bel palazzo della città riccamente ornato, e comodissimamente mobiliato per alloggiarvi. Il Provveditor Generale Cav. Dolfin, che trovavasi a Verona per una circostanza straordinaria, spedì tosto a S. M. il Sergente Generale Conte Soardi e due Maggiori per complimentarla; indi andò egli stesso a visitarla. Si fu allora che cominciaronsi a conoscere le amabili qualità, che aggiungevano ornamento ai talenti di questo monarca; avendo egli ricevuto il complimento, che il Cav. Dolfin gli fece in nome della repubblica, con una grazia ed una dignità inesprimibile. Poich'ebbe rilevato dal medesimo Cavaliere che molte Dame si erano radunate nel palazzo pubblico colla speranza di vederlo e di fargli la corte, non volle tardar un momento per trasferirvisi, e salì subito in carrozza, non permettendo al Dolfin di prender altro posto, che quello vicino a lui. Vi trovò di fatti molte Dame vestite colla maggior eleganza. Esse avevano contato, dopo la loro presentazione, di potervi godere del divertimento tanto proprio della gioventù, il ballo. Di fatti dopo mezz'ora di conversazione il ballo cominciò, ed il Re si scordò la fatica del viaggio per danzare una gran parte della notte. Alla sua partenza non permise al Cav. Dolfin di accompagnarlo se non che fino alla carrozza.

La mattina dopo S. M. spedì uno de' suoi Consiglieri al Provveditor generale per assicurarlo di tutta la sua soddisfazione e riconoscenza per le attenzioni praticategli; ed aggiunse il desiderio che avrebbe di passar la sera, come la precedente. Questa indicazione fu più che bastante per il Dolfin, onde far trovare nella sua propria abitazione tutto ciò che potesse esser piacevole a S. M. Il concorso ogni sera aumentossi; si rinnovarono i concerti musicali e il ballo; i rinfreschi vi furono sempre con gran profusione; l'illuminazione a cera, alla Veneziana, abbagliava la vista; tutto infine fu grandezza e magnificenza. Il Re v'intervenne ogni sera; ma ricusò la festa, che gli abitanti di Verona volevano offrirgli nella superba Arena. Forse Federico temette di aggravar il popolo.

La mattina andava egli percorrendo quella deliziosa città, la cui pittoresca e incantatrice situazione è tanto in armonia con quell'antica e moderna architettura, che ad ogni passo l'abbella. Rientrava poscia a casa pel pranzo, e degnavasi di ammettere alla sua tavola molti nobili Veronesi, alcuni degli officiali maggiori, e spesso il Provveditor generale. Quando questo non era invitato, dava egli pranzi magnifici ai signori della corte del Principe. Dopo pranzo eravi la corsa delle carrozze, che per il loro numero, per la ricchezza degli addobbi, per la bellezza dei cavalli, e per ciò che vale assai più, per il concorso di amabili e gentili donne, procuravano al sensibile Monarca un piacere, diceva egli stesso, veramente seducente.

Giunse in Verona il resto dell'equipaggio di S. M., ed egli risolse di partire per Vicenza, dopo di avere testificato in tutti i modi alla nobiltà, e particolarmente al Cav. Dolfin la sua viva soddisfazione per un'accoglienza, che non dimenticherebbe giammai. Per la loro parte gli abitanti di Verona vedevano con grande rincrescimento allontanarsi un Principe così affabile e generoso. Vollero accompagnarlo molte miglia fuori della città. Federico fu commosso di vedere un sì gran numero di carrozze e di persone a piedi, che non cessavano di far voti per la di lui felicità.

Ma ormai gli abitanti di Vicenza impazienti di corteggiare anch'essi questo Principe, uscirono dalla città per andargli incontro, preceduti dal rappresentante della repubblica il N. U. Antonio Farsetti. Senza entrar qui in nuovi dettagli relativi alle feste da esso offerte a questo Monarca, basterà il dire che il Farsetti era di una famiglia, in cui la magnificenza ed il buon gusto erano pregi ereditarj. Accorrevasi in folla per vedere il letto, ch'egli avea fatto preparare per Federico: l'oro brillava per ogni dove, e le cortine ricamate univano la ricchezza all'eleganza la più ricercata. E dopo tutto, come descrivere quella sontuosa cena imbandita per varie centinaja di persone? e quell'immensa argenteria? e quella superba festa di ballo nel Teatro Olimpico? chi può immaginare, non che esprimere con parole che cosa esser dovea questo singolar teatro, frutto degli studj profondi del più celebre fra gli architetti moderni, l'immortal Palladio: illuminato da più di dodici mila torce, abbellito da un prodigioso concorso di persone le più distinte per ogni pregio, onorato dal più amabile, dal più interessante dei Re? Rimase sorpreso egli stesso di tale spettacolo, e sensibile alle attenzioni delicate e generose del Farsetti, volle trattenersi a Vicenza più di quello che divisato avea. Durante il suo soggiorno in questo paese, soddisfece ad una sua curiosità, visitando il Distretto chiamato de' Sette Comuni. Non ignorava egli che un secolo circa prima dell'Era cristiana i Cimbri, antichi abitanti della Scandinavia o Cimbrica, vennero ad innondare l'Italia, e ch'essendo stati completamente battuti da Mario nelle campagne del Veronese, quelli che poterono scappar alla morte ed alla schiavitù, cercarono un asilo sulle montagne di là e di qua dell'Adige, e che una porzione di loro venne pur anche ad abitare quelle, che sono al Settentrione della Provincia di Vicenza; ma non poteva egli persuadersi, che parlassero ancora lo stesso linguaggio dei lor progenitori. Ne fu convinto, e protestò che nella sua corte non si parlava con tal perfezione il linguaggio Cimbrico, o sia l'idioma moderno Sassone.

Il 28 dicembre fu il giorno destinato per la partenza. Il Farsetti non mancò di rendergli l'ultima visita. Trovò Sua Maestà circondata da tutti i signori della sua corte. Allorchè il Re lo vide, ebbe la bontà di fare qualche passo per incontrarlo; lo colmò di elogi per la buona riuscita di tutti gli Spettacoli e tutte le Feste, che gli avea procurati, e dichiarò la sua risoluta volontà di volergli dare una prova luminosa della sua benevolenza. Trasse egli allora la spada dal fodero e colla punta gli toccò ambe le spalle. Per singolare che ci riesca questa cerimonia, essa è però quella di uso, mediante la quale il nostro Farsetti fu creato Cavaliere dell'Elefante. Indi S. M. lo prese per la mano, e discesero insieme le scale. Il Re non cessò di protestare al nostro Cavaliere la pienissima soddisfazione ch'ebbe, durante la sua dimora a Vicenza, se non che dopo di essere asceso in carrozza, e che i cavalli lo strapparono da quella città.

Non fece egli che attraversar Padova, e montò sul naviglio ch'era pronto sul Brenta per condurlo a Venezia. Vi giunse egli di buonissima ora il sabbato 29 dicembre. Sbarcò al palazzo Foscarini a Sant'Eustachio, ch'era preparato per lui e per tutto il suo seguito; e ad oggetto di rendergli quell'abitazione più comoda, era stata aperta una comunicazione col vicino palazzo del Conte Girolamo Savornian. I quattro Deputati mandarono tosto un Segretario per concertare la visita, che volevasi fare in forma pubblica; ma Sua Maestà desiderò di esserne dispensato, essendo giornata di posta: li fece invitare a pranzo per il giorno seguente. Vuolsi però che dopo la spedizione del corriere prendesse la maschera Veneziana del tabarro e bauta, e ch'egli pure cominciasse a godere del vantaggio di un tal incognito. Tutti vi trovavano il lor conto. I nobili, che col loro ordinario imponente vestito erano in certa guisa obbligati ad una continua etichetta, ad un contegno sempre regolare, e, quasi dissi, esemplare, con questo mezzo erano in tutta libertà per una metà circa dell'anno. Il popolo, che al modo medesimo mascheravasi, credeva con questa somiglianza di vestito di rendersi eguale ai patrizj, ed ingannato da sì fina politica, tenevasi senza superiori. Un Re che per la prima volta in sua vita trovasi per tal modo liberato da ogni molesto riguardo, comincia a conoscere esservi de' piaceri più vivi, dei beni più reali, che quello di comandare. Federico sapeva esser uomo e Re secondo le circostanze.

La Domenica mattina ricevette in formalità i quattro Deputati, ed accettò con molta grazia il consueto regalo, ch'essi gli presentarono a nome della repubblica. Esso consisteva in dodici Peote cariche di bacili ripieni di selvaggiumi, di uccellami, di pesci, liquori, cioccolato, caffè, zuccheri, ed infiniti generi di commestibili, ed inoltre specchi e cristalli delle nostre migliori fabbriche dell'Isola di Murano. Pranzò con tutti i quattro Deputati, e fece loro intendere, che desidererebbe d'indi in poi non essere accompagnato che da due di essi al giorno; che questi pranzerebbero con lui, e ch'essi dovessero invitare un numero di Patrizj, per poter così fare la loro conoscenza. Cominciossi la sera stessa a compiacerlo, e due soli di loro lo accompagnarono al gran Teatro di san Giangrisostomo. Erasi aperte due loggie sulla scena, di modo che, quando S. M. vi mise il piede, non credette già di essere in un palchetto, ma bensì in una sala accomodata col miglior gusto. Il teatro era tutto illuminato e ripieno di gente. Allorchè S. M. si affacciò al palchetto una numerosissima e scelta orchestra diede la sua generale arcata, ed eseguì una superba sinfonia. Alzossi poscia il sipario. Si fu a quel momento che Federico potè ancor meglio riconoscere quell'unione sorprendente di tutte le Belle Arti, che concorrono a gara per eccitare nella nostr'anima, mediante gli organi della vista e dell'udito, il piacere il più seducente. D'assai superiori in ciò ai Greci ed ai Romani, abbiamo saputo dare ai nostri teatri tutta l'illusione, tutti i comodi, tutte le attrattive possibili. Abbiamo cominciato dall'osservare quanto la luce artificiale sia preferibile per l'effetto dell'illusione a quella del sole, e tosto abbiamo abbandonato quel barbaro uso di andar al teatro di chiaro giorno. Vi abbiamo posto un solido tetto per difenderci dalla pioggia e dal vento, onde non essere, come gli antichi, costretti a fuggirsene confusi e spesso con danno, prima di poter trovar portici per porci al sicuro. Abbiamo preferito all'enorme estensione dei loro edifizj un fabbricato proporzionato all'estension naturale dell'umana voce, ed abbiamo così potuto lasciar a parte que' vasi di bronzo e di terra cotta, che alteravano e rendevano tonante la voce, e quelle maschere che sfiguravano gli attori; i nostri si presentano sulla scena, come i veri eroi del dramma, e possono aggiungere alle parole e alla musica l'espressione degli occhi e de' gesti per ingannarci piacevolmente, ed esprimerci tutte le passioni. Abbiamo abbandonato que' gradini di duro marmo, dove gli uomini dovevano tenersi seduti per ore ed ore senza mai potersi muovere, e dove le oneste matrone erano escluse per mancanza di luogo convenevole; e le libertine stesse arrossivano di trovarsi frammiste ad uomini di ogni razza, e sovente esposte ai loro insulti e alla loro troppo sfrenata licenza. Quanto a' moderni, e particolarmente noi Italiani abbiamo inventato quelle loggie separate, quei palchetti deliziosi, dove puossi uscire ed entrare a suo piacimento, dove siedesi morbidissimamente, e dove brilla il più bel ornamento, donne belle, giovani e modestamente vivaci. Che se per una legge salica del nostro paese non poteva chi che sia andare al teatro, che mascherato in tabarro e bauta, non devesi però credere che quest'aspetto apparentemente monotono e melanconico potesse nuocere alle nostre belle. In prima le donne sanno variare all'infinito i loro ornamenti, anche i più semplici, e trovar sempre ciò che meglio a ciascheduna conviene. Inoltre quel tabarro nero attaccato con arte sulle spalle, quella specie di lungo cappuccio di finissimo merlo pur nero chiamato Bauta passando per la testa, e contornando un bel seno, e quel piccolo cappello alla maschile messo con una non so qual bizzarria, aggiungevano una grande espressione alla fisonomia, maggior vivacità agli occhi e freschezza alle guancie. Il Re medesimo fu pienamente convinto che l'oggetto principale, che attrae noi altri moderni al teatro, è assai diverso dell'antico; noi ci andiamo semplicemente per divertirci di tutto ciò che ci presenta, ed il concorso di un gran numero di persone ne facilita le combinazioni. L'opera è essa buona? tanto meglio: si ascoltano i bei pezzi; tutto il resto del tempo si dà alla conversazione, e non siamo obbligati di ascoltare e di vedere ciò che ci annoja. Chiacchierare e vagheggiare, ecco i piaceri più ricercati al teatro. Il Re ne mostrò la più piena persuasione. Il Dramma avea per titolo il Vincitor Generoso: il poeta era Francesco Bruni, che l'avea dedicato a S. M.: la musica era stata composta da Antonio Lotti. Il Re l'ascoltò nel suo palchetto sino alla fine; poscia si trasferì al Ridotto.

Sotto questa denominazione intendevasi quell'edificio grande, magnifico e comodo, destinato particolarmente pei giuochi d'azzardo, nel quale era permesso a tutti di entrare, pur che fossero mascherati decentemente. Federico vestì anch'egli la maschera Veneziana, e sperò di non essere conosciuto. Fece in prima un giro per la sala e per le camere, indi avvicinossi ai tavolieri da giuoco. Vide a ciascuno starsi assiso un patrizio con abito nero talare, e grande parrucca, distintivi dell'ordine suo, che con un monte d'oro dinanzi sembrava sfidare gli astanti. Ammira il Monarca il nobile contegno del gentiluomo, e l'inalterabile suo aspetto alle vicende della sorte, ed entra in battaglia con lui. Fortuna gli arride, e il monte d'oro è ormai sua conquista. Ma che? Il vincitore finge di scivolare, rovescia il tavoliere, confonde lumi, danaro, carte e sparisce, lasciando al vinto ogni cosa. Ad un tal tratto poteva più Federico restare incognito?

La sera del lunedì Sua Maestà andò al teatro di san Cassano ad udire il dramma l'Engelberta, lavoro dell'immortale Apostolo Zeno, che avealo mandato a stampa con una Dedica allo stesso Federico IV degna di entrambi. La musica fu di Francesco Gasparini. È inutile il dirsi che il teatro fu superbamente illuminato, e pieno di gente. Lo stesso avvenne quando fu anche all'Opera di Sant'Angelo, dove gli fu egualmente dedicato il Dramma.

Il primo giorno dell'anno fu consacrato alla pietà: non teatri, non maschere, non Ridotto, non veruna ricreazione S. M. uscì la mattina al suo solito per visitare le cose più interessanti della città. Volendo vedere il palazzo Ducale attraversò quella parte della Piazza, che allora chiamavasi Broglio, dove s'adunavano i Patrizj prima di sedere al Consiglio, e dove solevano fare gli scambievoli uffizj per le cariche, alle quali aspiravano. Osservolli il Monarca, chiese ragione dell'adunanza, ed inteso il motivo, ebbe ad ammirare la dignità degli uni, l'umanità degli altri, la decenza in tutti. Dopo qualche momento ascese le scale, e volle fermarsi per udire uno dei nostri migliori avvocati, Giovanni Negri, che perorando con gran forza difendeva un reo. La morte già minacciava la sua vittima; pure Felice Ciera non era colpevole che di un delitto, che la giustizia, è vero, punisce, ma che non degrada l'uomo, e che non lo caratterizza uno scellerato. Il suo caso commosse il cuore del Re, che chiese grazia per lui, e Felice Ciera è liberato. Federico fu oltre modo contento, e fece assicurare il Governo della sua viva riconoscenza.

Desiderò anche di percorrere la Merceria. Il Governo, avutone di ciò sentore, avvertì que' mercadanti, ch'erano affezionatissimi alla Repubblica, essere suo desiderio che Sua Maestà il re di Danimarca e di Norvegia la vedesse in tutto il suo splendore. Ciò fu bastante perchè ognuno facesse gli sforzi maggiori, ed egli ne rimase così incantato, che non poteva allontanarsi da quel luogo; dimenticò anche per qualche tempo il pranzo ed i suoi commensali; se ne scusò in modo da rendere soddisfastissimi i buoni Veneziani.

Bramò pur anche di assistere ad un Oratorio in uno de' quattro maggiori Conservatorj. Quello della Pietà fu il prescelto. L'unione di tanti varj oggetti apprestati all'udito, alla vista, allo spirito, procurò a questo Principe un piacere straordinario ed unico nel suo genere.

Il terzo giorno dell'anno, in cui per antichissimo uso si facea nel dopo pranzo una solenne processione intorno alla piazza di san Marco coll'intervento del Corpo imperante, avendo alla testa il Capo Supremo dello Stato vestito nella sua maggior pompa, venne Sua Maestà Danese invitato a vedere questa cerimonia dal procurator Sebastiano Foscarini nel suo palazzo riguardante la piazza. V'invitò pur anco molte Dame e Gentiluomini, onde corteggiassero il Monarca, il quale ebbe occasione di ammirare la pietà edificante del Governo, la magnificenza de' sacri arredi, la gravità de' Sacerdoti.

Terminate le sacre funzioni, s'incominciò nello stesso palazzo il divertimento del ballo. Il Re aperse la festa danzando colla Procuratessa Mocenigo; ma il rispetto, che questa Dama gli aveva colle sue rare qualità inspirato, non impedì che gli occhi di Federico non fossero ad ora ad ora rivolti verso un'altra Dama giovane e bella, vo' dire Caterina Quirini, in cui la ricchezza era il minore de' pregi. Il Re se le avvicina; la invita a danzare, e trasportato dalla foga del ballo rompe con una fibbia il filo, che reggeva il guernimento dell'abito della Dama tempestato di una preziosa quantità di grosse perle orientali, che tosto si spargono e rotolano sul pavimento. Essa non volge nemmen gli occhi; il marito non muovesi dal suo luogo; ma il Re sì ne rimase confuso, che fa cenno di volersi abbassare ed emendar il suo fallo. Il marito però lo previene, s'alza, e mostrando di non avvedersene, cammina sulle perle, e col piede le sparpaglia e le frange. Caterina prosegue il ballo col Re, nè si fa altra parola del fatto. Federico riconobbe anche in ciò un tratto di squisita urbanità Veneziana, e vide sempre più in questa Dama uno di quegli esseri privilegiati dalla natura, ch'erasi compiaciuta di unire insieme un'anima bella in un bellissimo corpo; nè paga dei favori ad essa prodigati, si compiacque di continuarli anche in seguito a quante discesero da questa famiglia; poichè la Dama, di cui qui si parla, era Bisavola di quella marina Quirini Benzon, ch'ebbe l'onore ai nostri giorni di ricevere in sua casa il Principe Reale di Danimarca Cristiano Federico pronipote del Re Federico IV. L'una e l'altra furono celebri al loro tempo per singolar bellezza, e per le spontanee grazie di spirito; l'una e l'altra ebbero più particolarmente la fortuna di poter da vicino ammirare questi due gran caratteri, che in circostanze differenti poterono entrambi attirar l'attenzione del filosofo e dell'uomo di Stato. Se il Re brillò per il suo rango e pe' suoi talenti, il Principe Reale, che poc'anzi fra noi abbiamo con esultanza veduto, non può ascondere quella luce risplendente, che deve ancora tenersi quasi occulta, ma di cui l'occhio penetrante vede sfavillar certi lampi, che fin d'ora formano le più care speranze di un popolo generoso. La sua adorabile Sposa ha rapito tutti i cuori per la sua bellezza, per le sue grazie, e per lo squisito senso, che facea tanto gustar alla sua bell'anima i nostri capi d'opera delle Belle Arti, e per l'intelligenza colla quale sapeva conoscerli e valutarli. Entrambi questi Principi tanto interessanti hanno lasciato in Venezia il più vivo desiderio di loro. Chi sa? Essi sono tuttavia in Italia.

Ma rientriamo in quella sala dove si balla con tal gajezza da inspirarla anche alle persone più gravi. Il Re era instancabile in quell'esercizio: vi ballò sino dopo le quattro della mattina. I Deputati non misero più dubbio che Federico non preferisse il ballo ad ogni altro trattenimento, e per ciò si affrettarono di cercare una casa conveniente per un tal ospite, e che insieme potesse contenere la nobiltà Veneziana e forestiera. Si trovò il palazzo Giovanelli a Santa Fosca, al quale si diede comunicazione con quello vicino della famiglia Donà, ed i Deputati a proprie spese li mobiliarono colla massima magnificenza.

Li sei gennajo era uno dei giorni di allegrezza per il popolo Veneto. Ai vesperi di questo giorno un usciere della Polizia mascherato grottescamente faceva il giro della piazza di san Marco per dar segno che quella sorte di maschera d'allora in poi era permessa, e che il Carnevale già cominciava. In ciò più particolarmente consisteva la distinzione del Carnovale dagli altri tempi dell'anno, ed era pur anche l'uso particolare, che di questa sorte di maschera facevasi, che distingueva il Carnovale di Venezia da quello dagli altri paesi. A Napoli, a Roma, ed anche a Milano il genio per questo spasso non è così comune come lo era fra noi. Altrove si va mascherato al corso, al teatro, al ridotto e poco più; a Venezia vi si andava, per così dire, dalla mattina alla sera; in tutte le parti della città incontravansi maschere; queste percorrevano tutte le strade e la piazza di san Marco. Le botteghe di caffè, i teatri, i palchetti, e sopra tutto il ridotto ne ridondavano. Questo continuo andirivieni di oggetti sconosciuti e bizzarramente trasfigurati, eccitava la curiosità, e divertiva per la varietà de' movimenti.

Di fatti la finezza dello spirito, le grazie del portamento, la vivacità del gesto, nel quale raffiguravasi talvolta conosciuta o amata persona, non può non dilettar grandemente; e se pur, come accade, ci troviamo talor ingannati, anche l'errore non è senza piacere. Un forestiere non avvezzo a questa specie di confusione, crede che gli sia impossibile di tollerarne la vista e lo strepito; siede isolato in un caffè o in una loggia, ed eccolo sorpreso da qualche travestita Sirena, la quale con piacevoli attucci lo trae dalla sua misantropia, lo impegna in un dialogo interessante, e alfin lo riscalda. Aggirasi egli poscia da per tutto seguendo la sua bella mascheretta, e poi finisce col vagheggiarle tutte. Federico che non era Senocrate, se ne divertiva estremamente, e assai compiacevasi di quel linguaggio franco e confidenziale, ch'esse tenevano per anche con lui.

Il Carnovale di Venezia non consisteva già soltanto nelle maschere. Oltre i sei teatri, che poi crebbero fino ad otto, ed oltre il ridotto, i balli, i pranzi e cene di compagnia, eranvi pur anche i così detti Casotti, che si erigevano sulla piazzetta di san Marco risguardante la laguna, e sulla lunga riva degli Schiavoni. Colà fecevasi lo spettacolo di animali feroci, di scimie e di cani danzanti, di cavalli obbedienti alla voce dell'uomo, e di uomini volteggianti sopra i cavalli. Colà danzatori di corda, saltatori, ciarlatani, giuocatori di bossolotti, narratori di meravigliose istorie, improvvisatori, e cento altre curiosità da intrattenere il popolo, e da renderlo pago ed allegro. Federico osservava la vivacità, e la schietta gaiezza del buon popolo Veneto, e viaggiatore sagace non lasciava di trarre le sue politiche deduzioni.

La sera dei sette gennajo ebbe luogo la prima festa al palazzo Giovanelli, che prese il modesto nome di Casino, onde dare a queste radunanze un aspetto non istraordinario, tutto che l'invito fosse pubblico, e l'illuminazione, i rinfreschi, la copia de' serventi potessero abbastanza indicare il loro vero oggetto. Dovevano i festini aver luogo ogni lunedì; ma fatalmente in questa prima notte il freddo tanto incrudelì, che non solo si gelò la laguna, ma cominciavano a gelarsi e il gran Canale e i rivi più interni, cosicchè convenne che alle due dopo la mezza notte ciascuno si ritirasse alla sua abitazione, prima che fosse affatto impedito il passaggio delle gondole.

Per la stessa ragione non potè aver luogo la caccia dei fisoli, o anitre salvatiche, che i deputati avevano preparata. Era questa una delle gran passioni dei Veneziani, ed uno spettacolo proprio del lor paese. Si dolse il Re che il bel trattenimento non potesse aver luogo. Tutti voller confortarsi colla speranza che il freddo si raddolcisse, e che ne permettesse l'esecuzione in altro momento; ma fu tutto al contrario. Le lagune si coprirono di un ghiaccio sì solido, che si andava e veniva a piedi da Mestre impunemente, cioè per lo spazio di cinque miglia.

Questo avvenimento sì straordinario sotto il bel cielo d'Italia fu dapprima un soggetto di gran sorpresa, ed in seguito divenne una specie di nuovo divertimento, una speculazione di utilità. Fu paterna vista del Governo, che per togliere ogni sorte di pericolo a coloro, che avessero, profittando del ghiaccio, voluto furtivamente introdurre per vie non sicure, e senza pagar gabelle gli oggetti di consumo, fosse sospeso ogni dazio, finchè la congelazione del mare durava. Per tal modo venne altresì ad assicurarsi che le derrate non mancherebbero a Venezia. Quindi un continuo interminabile parapiglia: qua rotolan botti piene di vino; là una mandra di pecore attraversa gl'indurati campi d'Anfitrite; là buoi uccisi di fresco sdrucciolano tirati da cento braccia sul ghiaccio; di qua drappelli di villanelle o arrecando dalle proprie campagne i prodotti della terra e delle cascine, o se ne ritornano liete alle loro capannuccie col guadagnato danaro. A chi considera che a que' tempi dovea il continente nutrire cento cinquanta e più mille abitanti di una ricca e delicata città, non farà sorpresa, se diremo che questo specchio d'acqua formicolava ogni giorno di gente. Ma il concorso non era formato solamente da questi varj speculatori. I Veneziani di ogni classe si erano fatti un divertimento del percorrere questo nuovo e inusitato mercato franco, e lo stesso sesso più delicato e gentile, non curando il pungente freddo, osava premere con piede sicuro quello spazio, che prima avea colla nera barchetta solcato. Vi andavan le donne la mattina nel loro abito nazionale, cioè ravvolte nel seducente Zendaletto, che giustamente fu detto l'emulo della cintura di Venere. Con artificio stava appuntato sul capo; con malizia copriva e discopriva il volto; con eleganza si attortigliava alla vita, e quest'artificio, questa malizia, quest'eleganza davagli il potere veramente magico di abbellire le brutte, e di fare viemaggiormente spiccar le attrattive delle belle. Federico non fu degli ultimi ad approfittare di un divertimento, che avea tante seduzioni da far dimenticare gli altri passeggi, e quanto di bello fra il giorno offriva il carnovale. Esso durò per varj giorni, poichè dal giorno 6 ai 24 di gennajo il ghiaccio non rifiutò di sostenere il lieto concorso.

Non cessavano gli altri piaceri ad onta del freddo. I balli, i teatri, le cene, il ridotto si succedevano alternativamente. Ma in questa settimana mancò a vivi il deputato cav. Erizzo, e le di lui estese parentele furono cagione che s'interrompessero i divertimenti; nondimeno Sua Maestà diede in sua casa delle superbe cene e balli. Il Senato sostituì tosto al defunto deputato il cav. Francesco Morosini di santo Stefano, che dimostrò la più viva premura per occupar S. M. piacevolmente; ed i deputati unanimemente risolsero di dare, oltre la settimanale festa al Casino, una festa pure ciascheduno nel proprio palazzo con invito generale.

Il giorno 31 gennajo fu quello assegnato al cav. Morosini di san Canzian per dare la prima festa. Sventuratamente il vento e la neve impedirono di potervi godere di que' magnifici apparecchi, che la struttura e vastità di quel palazzo avea fatto immaginare. La graziosa illuminazione del giardino, che divideva gli appartamenti, non potè ottenere il suo effetto; bensì quello della terrazza coperta, che li riuniva tutti, e dove vedevasi la più grande magnificenza in ogni genere. La festa riuscì superba, brillantissima e numerosissima. Federico ballò sino dopo le tre della mattina.

Li 5 febbrajo il cav. Nani preparò la sua festa alla Giudecca, ch'è un isola ad un quarto di miglio dalla città. La notte fu una delle più burrascose; nondimeno vi ebbe un concorso immenso di persone. Tutti vi ebbero ad ammirare la somma magnificenza, e l'estremo buon gusto del padrone; ma le osservazioni del Re specialmente caddero sullo sfarzo delle cere, e sullo sfoggio immenso di argenteria. Ogni camera aveva un numero proporzionato di Lampadarj d'argento pendenti dal soffitto; alle pareti erano attaccati quantità di braccialetti pur d'argento a molti lumi. Sopra ogni tavoliere v'erano grandissimi vasi d'argento ripieni di freschi fiori olezzanti. Ad ogni angolo di ciascuna camera eravi una grande stufa d'argento, che là dentro cambiava in primavera il rigidissimo inverno. V'ebbe ballo, cena, e di nuovo ballo; infine il Re medesimo dimenticò e neve e vento per fermarsi a notte assai avanzata.

Giunto il giovedì grasso, il Re bramò di assistere alle feste popolari che in quel dì celebravansi. A tale oggetto in una delle sale del palazzo ducale gli si apprestò un gabinetto chiuso da invetriate, riguardante sulla picciola piazza di san Marco. Non ignorava già egli che l'origine di questa festa era stata uno de' primi trionfi de' Veneziani, e che il toro e i dodici porci che anticamente si decollavano, era un'umiliante allegoria del Patriarca di Aquileja e de' suoi Canonici fatti prigionieri. Federico che esaminava le cose anche come osservator politico, riconobbe in tutte queste feste la profonda politica de' Veneziani; e la sera al teatro, girando per i palchetti, non cessava di parlar del piacere che vi avea provato, ed aggiungeva alcune considerazioni atte a soddisfar assai i buoni Veneziani.

L'ultima domenica di carnovale era il giorno solitamente destinato per la caccia de' tori; ma perchè S. M. era solita nella sera di domenica di dare in sua casa un trattenimento, fu data la caccia nel precedente sabbato; e invece che nel cortile del palazzo pubblico conforme l'uso, venne apprestata nella gran piazza, affinchè prendesse un'aria di maggior grandezza. Anche questo era uno de' più cari spettacoli del popolo Veneto, godendo di farsi giudice di questa specie di battaglia, e di decidere del valor de' cani nell'attaccare, e di quello de' tori nel difendersi. Fu dunque eretta una specie di arena di dieci gradini, e vennero dispensati biglietti per il popolo. Quanto alla nobiltà, s'essa voleva intervenirvi poteva tutto vedere dalle finestre delle procuratie che circondano la piazza. Sua Maestà fu pregato dal procurator Morosini di voler assistere allo spettacolo nella sua procuratia; e per render questa più vasta e più comoda aperse una comunicazione colla contigua del procurator Pietro Contarini. L'invito fu generale, e la sera si aperse un festino che riuscì brillantissimo e magnifico.

Il deputato cav. Dolfin aveva fatto il suo invito a S. M. per il giorno 11 febbrajo. Ma il suo palazzo non era fornito di troppo spaziosa sala. Che fa egli? Ricopre tutta la corte interna del palazzo; costruisce una sala di legno ben solida, e la mobilia colla massima magnificenza ed il miglior gusto. Questa univa dieci camere tutte illuminate a giorno, e nelle quali trovavansi differenti concerti di musica, di maniera che passavasi da uno all'altro luogo trovandovi sempre un piacere variato e interessantissimo. I Veneziani non riconobbero più quella casa, e credettero di trovarsi in un palazzo di Fate. Anche Sua Maestà vi si trattenne sino a notte assai avanzata, e ne mostrò sommo aggradimento.

Si fu appunto a questo pubblico ballo che il patrizio Carlo Grimani pregò S. M. di voler passare la sera seguente, ultimo giorno di carnovale, al suo teatro di san Gio. Crisostomo. Vi fece egli pur anche un invito generale. Allorchè S. M. vi si recò, trovò tutto il teatro superbamente illuminato, e pieno straordinariamente di persone. Compiuta l'opera, il Grimani pregò il Re di passare in una sala, che a bella posta si aperse di fianco al teatro. Ivi sontuosa mensa stava rizzata con numerosa corona di dame e gentiluomini. Ma Federico fu ancor più sorpreso quando dopo cena ricondotto nella sua loggia, vide in pochi momenti il teatro trasformato in una sala da ballo elegantissimamente addobbata. Non dubitò quasi più, che i Veneziani non avessero un'arte magica per le loro decorazioni. Vi osservò sul palco scenico le armi del regno di Danimarca e di Norvegia illuminate trasparentemente e poste sotto un baldacchino. Il ballo cominciò, e gli squisiti rinfreschi giravano incessantemente e per la sala e per i palchetti a norma degli ordini dati dal nobilissimo padrone del teatro. La festa non ebbe fine, che allora quando i raggi del sole vennero ad avvertire ch'era tempo di ritirarsi, e che il carnovale era terminato.

L'austero aspetto della quadragesima cangiò in un punto anche quello di tutta la città. Non più teatri, ne ridotto, non più mascherette; non più rumor per le vie e per le piazze; tutto divenne serio e grave. S. M. seppe però trovar a questa mutazione un compenso soddisfacentissimo per lui nella società della nobiltà veneziana. Avendo udito che in casa del patrizio Alessandro Molin concorrevano molte persone per alleviargli colla compagnia i dolori della gotta, il Re chiese di esservi introdotto. Era il Molin uno de' più rispettabili nostri gentiluomini; aveva egli vinto molte celebri battaglie sui Turchi, ed il suo vasto sapere lo facea ammirare anche nell'augusto consesso del Senato. Fu egli assai contento dell'annunziatogli onore. Appena il Re lo vide, ed egli il Re, che s'intesero subito fra di loro, e d'allora in poi sua Maestà non lasciò più di frequentare quella casa. Per parte sua il Molin cercò di ragunare maggior società del solito: unica distinzione che potea procurar un ammalato per intrattenere un Monarca.

La mattina del giorno 16 febbrajo fu destinata per la visita dell'isola di Murano, copiosa di fabbriche di specchi, e d'altri lavori vetrarii; arti che esclusivamente appartenevano alla nostra città. Il Re ha tutto veduto, tutto osservato colla massima attenzione.

Si recò egli la sera dal suo amico Molin, dove trovò con grandissima sorpresa varie dame e gentiluomini, che danzavano con vero piacere, chiamando ciò esercizio di ballo, e facendovi intervenire un maestro per meglio palliare la cosa; giacchè a quel tempo consacrato alla meditazione ed al ritiro un ballo formale non sarebbe stato approvato dal pubblico. Piacque a Federico l'ingegnosa sostituzione del nome, e volle anch'egli una scuola di ballo nella sua casa. A quest'effetto pregò quelle dame d'intervenirvi il giorno dopo. L'invito fu ancora più esteso; e sotto una denominazione simulata, che non diversificava però la cosa, il ballo di domenica, ch'egli era solito di dare a casa sua, proseguì tuttavia. Federico approfittava volentieri di tutte le lezioni che gli venivano date, ed è per ciò che all'uso veneziano volle dare il nome di frittole alla magnifica cena ch'ei diede la sera stessa.

Il cav. Francesco Morosini, ultimo deputato eletto, non aveva per anche dato, come gli altri, la sua pubblica festa; quindi fece il suo invito a Sua Maestà per la sera de' 19 febbrajo. E perchè in questi giorni cadeva molta neve, e faceva gran vento, così fece egli costruire una strada tutta coperta, che dal canal grande arrivava sino alla porta del suo palazzo. Accomodolla col miglior gusto, e illuminolla a cera alla veneziana, per modo che avrebbesi potuto credere di essere propriamente nella sala del ballo. Come poi descrivere quella che abbagliava in tutto quello spazioso palazzo? E come dipingere la bellezza, la ricchezza de' fornimenti di ogni camera? I drappi tessuti in oro, i velluti vergati pur d'oro, la quantità di argenteria sparsa per ogni dove, infine tutto faceva conoscere che trovavasi in una delle più ricche case di Venezia. Il Re ammirò col più gran piacere ogni cosa, e ballò per molte ore dopo la mezza notte.

Per il giorno 23 erasi nuovamente allestito la caccia dei fisoli e delle anitre selvatiche; anzi per facilitarne la verificazione, erasi immaginato di tentar di farla nel canal della Giudecca; ma neppur questa volta potè aver luogo a cagione della fortissima burrasca, e de' fiocchi grossissimi di neve, che cadevano. A dispetto però del tempo e della stagione studiavasi sempre nuovi mezzi di divertimento.

Li 27 febbrajo il tempo fu abbastanza tranquillo per concedere a Sua Maestà di recarsi all'arsenale. Vi trovò cinquanta dame invitatevi da governatori del luogo per incontrarvi il Re, e per accompagnarlo da per tutto. Fu egli sensibilissimo alla loro gentil attenzione. Cominciò a girarlo, e tosto vide esser quello una città in una città. Osservò i vasti magazzini tutti allora ripieni di alberi, di timoni, di ancore, e di quanto poteva bastare pel lavoro di dieci anni, sì riguardo al servigio, che alla costruzione de' vascelli. Vide quel numero infinito di officine, dove mille braccia sudavano intorno ad opere d'ogni maniera, e ne strepitavano pe' martelli de' lavori di ferro e d'acciajo. Sotto a' suoi occhi di varj pezzi allestiti uscì tosto un'ancora compiuta. Trovò veramente stupendo l'edificio destinato per la fonderia dei cannoni e delle palle. Vi si fermò e vide fondere in sua presenza sei cannoni di bronzo. Passò poscia in quell'immensa sala destinata al travaglio del canape. Colà fu lavorata in sua presenza una gomena grosissima. Non ammirò meno quell'altra gran sala, dove più di cento femmine adoperavansi intorno alla facitura delle vele. Ma infinito interesse mostrò nell'osservare l'altro salone, ove stavan in bel ordine schierati i modelli delle fortezze primarie dello Stato, delle macchine più ingegnose, de' ponti più singolari, e finalmente le forme de' vascelli dalla prima epoca della nostra marina, sino a' tempi recenti. Egli non poteva staccarsene; pure passò a vedere quelle altre sale, ch'erano piene d'armi d'ogni sorte, d'illustri trofei e di armature di ferro, sotto le quali leggevansi le più memorabili vittorie de' Veneziani. Il Re mostrava compiacenza di trovare fra gli Eroi nominati gli stessi cognomi di quelli, che avevano l'onore di accompagnarlo. Lodò anche assai la bella instituzione di que' canali coperti, entro cui si possono vantaggiosamente riattare i bastimenti disarmati, o tenerne in pronto alcuni altri pe' servigi dello Stato. Si trattenne particolarmente ad osservare i Cantieri, che sono la cosa per cui l'Arsenale di Venezia si distingue fra quanti hannovi al mondo. Sono essi alcuni spazj di diversa grandezza, divisi tra loro da grossi pilastri ed arcate, ricoperti ciascuno di un tetto, donde sgocciola la pioggia a dritta e a sinistra senza mai penetrarvi, cosicchè vi si possono fabbricare al coperto tutti i vascelli sino al punto di essere gettati nell'acqua. Sua Maestà riconobbe tosto tutti i vantaggi che ne risultavano, sia per la sollecitudine dei lavori, sia per lo risparmio degli operaj, sia per la conservazione dei materiali. Assistette egli stesso alla formazione di un corpo di galera. Di là passò in una specie di loggia erettavi espressamente dai nobili Governatori dell'Arsenale, dove aggradì un magnifico rinfresco da essi offerto; ed in mezzo alla primaria nobiltà vide lanciare all'acqua un vascello di 64 cannoni. Divise egli con tutti gli spettatori la soddisfazione della buona riuscita di quest'operazione estremamente ardita, e fu oltremodo commosso di sentir come il buon popolo veneto nel suo trasporto di gioja non sapesse meglio esternarlo, che col gridare altamente viva san Marco! Sua Maestà non partì dall'Arsenale senza vedere quella serie di cannoni d'ogni specie che serbavasi, cominciando dalla sua origine, quando si usavan di cuojo, e discendendo ai tempi più bassi, quando il ferro ed il bronzo parvero materie unicamente opportune per sì micidiali stromenti. Scorgevasi in essi la diversità delle fusioni, la moltiplicità delle forme. Gli uni rappresentavano colonne lisce o striate con capitelli di tutti gli ordini; altri figuravano serpenti o basilischi, ed altri lunghi animali; tutti di ottimo disegno e con superbi ornamenti. I Veneziani li conservavano per vanto, e ne avevano gran cura, come quelli che alla storia ed erudizione militare giovavano, e che insieme erano parlanti testimonj delle nostre vittorie. Al discendente di Federico IV non fu dato di vedere questo singolare e prezioso Museo, e neppur i modelli dei cannoni, che furono gettati alla presenza del suo grand'avolo, e che sussistevano sino ai nostri giorni, ma che l'avidità fecero all'epoca malaugurata sparire a un dipresso come tutto il resto. Il Re seppe apprezzare quest'unione di oggetti diversi, che formano un tutto sorprendente ed unico.

Mitigata finalmente la stagione, si potè pensar a verificare lo spettacolo il più interessante ed il più imponente per Venezia, quello di una regata. Allorchè gli apparati per la gran lotta furono tutti in pronto, una parte della veneta nobiltà andò con ventisei peote, ed un gran numero di bissone all'abitazione del Principe, che venne pregato d'intervenire allo spettacolo nel modo che gli fosse più piacevole. Preferì la bissona, e scese in quella del cav. Dolfin. Percorse egli in prima il gran canale, poscia andò ad appostarsi vicino ai campioni già pronti al cimento. In sul fatto il cannone dà il segnale della partenza. Sua Maestà nella sua celere bissona potè precedere i nostri campioni, e trovarsi presente alla conquista de' premii. Il palazzo Foscari è precisamente posato a quel punto, in cui il canal grande segna una curva, e dove era la macchina per le bandiere. Invitatovi dal signore del palazzo potè compiutamente godere la vista del momento il più interessante. Se ne mostrò trasportato, ed i Lottatori vi ricevettero da lui un nuovo e generoso premio de' lor sudori.

Durante tutte le corse, Federico non cessò mai di dimostrare il maggior interesse e piacere per uno spettacolo, di cui diceva egli stesso non esser possibile concepire adeguata idea senza averlo veduto; e così costante bisogna dire che fosse stata la sua attenzione, che allora quando tutto fu terminato, gli riuscì improvviso il veder colà raccolta una bellissima e numerosissima società di dame e cavalieri sì Veneti che forestieri, tutti vestiti colla massima pompa, e le donne con gioje ricchissime e superbe. I rinfreschi si rinnovarono a più riprese durante la conversazione, indi ebbe luogo il ballo. A dieci ore si passò in una gran sala dove stava apparecchiata una cena magnifica. Il Re cesse il suo luogo alla Duchessa di Baviera, che da qualche tempo trovavasi a Venezia. Si pose egli dietro la sedia della Duchessa, e tutti gli uomini lo imitarono, facendo lo stesso presso le altre dame. Era un vero piacere l'osservare le piccole preferenze delle nostre belle verso que' signori: a chi davasi una vivanda delle più rare, a chi una delle più ghiotte, a chi una delle più delicate. V'era di che potere sceglier in ogni genere. Fu impossibile a Federico il tenersi fermo nel suo luogo. Invitato da mille sguardi, da mille sorrisi un Principe amabile e galante come poteva Egli restar fedele al servigio della Duchessa? Durante questa cena, venne eseguita da' musici del teatro una superba pastorale, che fu applaudissima; ma chi l'ascoltò? Il ballo ricominciò dopo la cena, e progredì sino dopo le sette della mattina. Il Re si ritirò un poco prima, perchè il giorno dopo era il giorno destinato per la sua partenza da Venezia.

Il governo Veneto avea una cura particolare per riconoscere le inclinazioni de' Principi che venivano a Venezia; onde poter alla lor partenza regalarli di qualche cosa che potesse loro riuscir grata. Per esempio si regalarono sante Reliquie ad un Duca di Mantova; vistose somme di danaro ad un principe di Valacchia. Il re Federico IV di Danimarca e di Norvegia fu pregato col mezzo dei quattro deputati di accettare in nome della Repubblica tre de' sei cannoni di bronzo che aveva veduto fondere all'Arsenale, amando essa di ritenere i tre altri per eternar la memoria di un sì grand'ospite. Sua Maestà ebbe la bontà di accettarli, e di permettere pur anche, che a spese della Repubblica venissero trasportati nel suo Regno. Sopra ciascuno di questi sei cannoni erano improntate le seguenti inscrizioni:

I

Attento Daniae et Norv. Rege paratum,

Adveniente fusum, conspiciente perfectum.

S. C. Anno Salutis 1708.

II.

Daniae et Norv. Regi et Hospiti Maximo

Aut reboet in plausu, aut tonet in foedere.

S. C. Anno Salutis 1708.

III.

Magnis auspiciis Daniae et Norv. Regis fusum

Senatus Jussu. Anno Salutis 1708.

IV.

Advenientem Daniae et Norv. Regem.

Ne umquam animis excideret, militari aere incidit,

Gratulans Senatus. Anno Domini 1708.

V.

Adventui felicissimo Daniae et Norv. Regis Munimentum.

S. C. Anno Salutis 1708.

VI.

Daniae et Norv. Regis fortissimi praesentiam

Bellicum opus sensit et festinavit.

S. C. Anno Domini 1708.

Sarebbe troppo lungo il narrare i tratti di generosità di questo insigne Monarca, durante il suo soggiorno a Venezia; oltrechè non venne già chiesto ciò ch'Egli fece pe' Veneziani, ma ciò che i Veneziani fecero per lui. Non è però a tacersi il bellissimo regalo da lui fatto ad ognuno de' deputati del suo ritratto risplendente di gemme, giacchè da quegli esemplari si trassero infinite copie dell'immagine di un Principe, che si era reso sì caro a tutta la nazione, e che colla sua maniera di vivere, coll'abbracciare i nostri usi, col prender parte ne' nostri piaceri, erasi in certo modo fatto membro della repubblicana famiglia.

Nell'ultima visita, che gli fecero i deputati, volle anche aggiungere le assicurazioni le più solenni, che conserverebbe eternamente la memoria di quanto erasi fatto per lui, e protestò il suo vivissimo desiderio di poter dare alla serenissima repubblica le prove le più luminose della sua riconoscenza, per il modo gentile, nobile e delicato con cui fu accolto e trattato in Venezia. Volle inoltre incaricare il suo maggiordomo di recarsi alle porte del collegio, e farvi chiamare un segretario, che dovesse porgere le assicurazioni le più reiterate della sua benevolenza colle offerte le più ampie a vantaggio della repubblica; poichè da quel momento riguardava come cosa sua propria la di lei prosperità e sicurezza. Partì egli il giorno 6 marzo con sommo rincrescimento di ognuno, ch'ebbe in esso ad ammirare la rara e felice unione di tante sublimi qualità.

In Chioggia, per dove avea a passare, erasi apparecchiato un alloggio conveniente, ma la Maestà Sua era premurosa di proseguire il viaggio per la Toscana senza fermarsi in nessun luogo, e per ciò non accettò que' preparativi.

Cinque mesi dopo la sua partenza Federico IV ebbe la bontà di scrivere di suo pugno una lettera diretta al Doge ed al Senato Veneto data da Friderikbourg del 2 agosto 1709, in cui rinnovò le generose proteste verso la repubblica. Dopo una prova sì segnalata del suo aggradimento, potrebbesi mai credere esservi chi osasse stampare, che Sua Maestà Federico IV re di Danimarca e di Norvegia sul punto di lasciar Firenze, colle lagrime agli occhi di tenerezza baciò il Gran Duca, e gli disse che gli dispiaceva di aver perduto tanto tempo con lo stare a Venezia? Un Re dotato di tanto spirito dovea certamente saper fare un complimento ad un Principe senza contraddire ai proprj sentimenti, e senza defraudare i Veneziani del solo premio, che da lui si riprometteva no, quella di una grata rimembranza. Ma i Veneziani devono confortarsi. Essi hanno un troppo nobile documento della sincerità del Real Ospite loro; essi hanno un augusto testimonio, che Federico fu memore e riconoscente di loro. Il suo Real Pronipote vide nell'archivio di Venezia i documenti tutti spettanti alla visita fatta a questa città dall'illustre suo Avolo; vide la sua lettera, il grazioso scritto di sua mano vergato, ed erede pur anche de' suoi sentimenti, vi lasciò scritto di proprio pugno:

"Vu avec grand intérét le 8 decembre 1819.

Christian Friderick

Prince de Danemark

Voyageant sous le nom de Comte d'Oldemburg".

ALTEZZA REALE.

Non saprei certo dimenticare giammai la favorevole occasione, che mi procurò l'onore di veder Vostra Altezza Reale nella mia patria, e conterei per una vera felicità se neppur Ella l'avesse affatto cancellata dalla memoria. E chi sa inoltre che non si risovvenga di essersi con somma bontà diretta a me per avere alcune notizie risguardanti le feste e gli spettacoli, che all'illustre di lei Avolo vennero offerti, durante il di lui soggiorno a Venezia. Non avendo io potuto sul momento soddisfare alla sua nobile curiosità, la pregai di permettermi, che ne facessi tosto la mia occupazione, e che potessi trasmetterle quelle notizie, che un dì mi fosse riuscito trarre dalle mie ricerche. In quella sera stessa cominciai a frugare ne' miei libri e nelle mie carte, e il giorno appresso, quando io era appunto per prender la penna in mano, ecco venire a me il conte Carli Rubbi, ch'io aveva fatto chiamare. Gli annunzio subito l'oggetto della mia dimanda, e lo prego di ajutarmi de' suoi lumi. Egli m'informa di essere stato egualmente interrogato da V. A. R. sul medesimo oggetto; di aver anche potuto sul momento stesso riferire alcuni aneddoti relativi, e di essere risoluto a farne una minuta relazione. Conseguentemente mi consigliò di abbandonar la mia impresa. Ne avea ragione; non conveniva più pensarci. Scorso alcun tempo, mi si affacciò alla mente questo pensiero: Tra un sapiente erudito e una donna sensibile v'è assai più differenza, che fra una quercia maestosa ed un'umile violetta. Tanto il racconto del primo, quanto la vista dell'albero eccelso eccitano idee grandi e sublimi; la seconda al contrario, simile alla viola, non può inspirare che idee passionate e piacevoli. Sarebbe ella audacia che sotto l'aspetto di un tenue fiorellino io aspirassi a risvegliare nel cuor d'un sì gran Principe dolci sensazioni, mediante la lettura di una relazione affatto diversa nel suo genere dalla prima? Veramente ne temo; nondimeno un presentimento propizio rianima le mie forze, riprendo la penna, e traccio il mio racconto. Mi era pur anche lusingata d'incontrare V. A. R. in Toscana; e di potere a viva voce implorare la sua indulgenza; ma delusa di quest'aspettazione, non mi resta altro partito da prendere, che di osar di trasmetterglielo, nella speranza che il mio piccolo lavoro possa riempiere per qualche istante gli ozj dell' A. V. R. e di quell'amabile Principessa, che il Cielo prodigo con Voi di tutti i suoi doni volle accordarvi, perchè nulla mancasse a rendere il più felice degli uomini chi è il più illuminato e il più valoroso de' Principi.

Di Vostra Altezza Reale

Firenze 20 maggio 1820.

Giustina Renier Michiel.

Festa del Corpus Domini.

Il popolo Veneto, la cui eccellente indole fu sempre sostenuta dalla religiosa e illuminata pietà del Governo, accolse con divoto entusiasmo la festa del Corpus Domini ordinata da Urbano IV; e nel 1295, il giorno 31 maggio, il Gran Consiglio decretò, che il dì del Corpus Domini fosse festa solenne in palatio et ubique. Essa da principio non consisteva, che nell'esposizione dell'ostia sacrata. Indi si volle aggiugnere una processione, e tale, che nell'atto di glorificare l'Altissimo, fosse la più bella lezione di morale e di filosofia. Essendo a quella stagione grandissimo il concorso de' Pellegrini, che a Venezia capitavano per trasferirsi poscia in TerraSanta, sceglievansi tanti fra essi quanti erano i membri della signorìa, del collegio e del senato, e ciascun gentiluomo accoppiandosi ad un di loro nella processione gli faceva splendide largizioni, e cedendogli il lato di onore sel teneva alla destra. Costumanza bellissima, ed introdotta a fine d'imprimere vie più profondamente nel cuore di chi era alle redini dello Stato, che il grado, la nascita, la dignità, anzichè porgere un diritto di spregiare chi di tali distintivi è sfornito, impongono a chi li possiede, l'obbligo di essere umili e mansueti. Essa insegnava ad un tratto al popolo spettatore, che la base della verace giustizia è la benevolenza; che non basta amare i parenti, gli amici, i concittadini, la società di cui formiamo parte, e coloro in una parola, da' quali ci vengono i beneficj e i soccorsi, ma che dobbiamo donare eguali attenzioni, egual interesse, egual protezione ad ogni uomo, qual ch'egli sia; giacchè, per dirla con Omero, è Giove stesso che ci manda lo straniero ed il povero. Ed in fatti Venezia si è sempre segnalata nel prestare cortese ospitalità ad ogni fatta di forestieri. Erano questi principi, re, imperatori? Onoravali con feste magnifiche, con sorprendenti spettacoli; nè tralasciava cosa, che potesse render loro estremamente piacevole questo soggiorno. Essa proporzionava la sua accoglienza ai desiderj, ai bisogni di ognuno. I pellegrini soprattutto risguardavansi siccome esseri in certo modo sacri. Nodriva per essi il governo sentimenti teneri e veramente paterni. Nè tanta pietà rimaneva senza compenso, poichè traeva esso grande utilità col noleggio de' vascelli, che dovean trasportarli; massime ne' primi secoli della chiesa, quando eravi sempre una folla di cristiani animati da un certo divoto entusiasmo, che riponeano tra' loro religiosi doveri il recarsi a visitare que' luoghi, in cui il figlio di Dio compiuta avea la Redenzione del genere umano. Molti vi andavano a piedi, ma i più venivano a Venezia, onde far il viaggio per mare, particolarmente dopo che i Musulmani, verso la metà dell'undecimo secolo, ebbero conquistata la Siria. Fin che la Palestina era stata sotto il dominio de' Califfi, questi principi illuminati avevano incoraggiato col loro onesto procedere il pellegrinaggio de' Cristiani di Gerusalemme. Lo riguardavano essi saggiamente come un ramo di commercio assai proficuo, che faceva entrar molto oro ne' loro Stati; ma il Turco ignorante, non riflettendo ai proprii interessi, angariava i poveri pellegrini con ogni genere di crudeltà e di oltraggi. Allora fu che crebbe in Venezia il loro concorso, poichè nel viaggio marittimo evitavano tanti pericoli e mali trattamenti ai quali era esposto il pellegrinaggio terrestre. La medesima cosa sussisteva pure al tempo di cui parliamo; poichè nella fine del decimoterzo secolo, i Cristiani ch'erano stati conquistatori dell'Asia durante il periodo di quasi due secoli, erano poi stati discacciati da tutti i possessi goduti in quelle contrade. Il passaggio de' pellegrini tuttavia continuava sempre, e i Veneziani avevano instituito per i più poveri un Ospizio, che li ricettasse ammalati, ed un Magistrato apposito che provvedesse ai loro bisogni sì per la navigazione, come pel nolo de' bastimenti, pel cambio delle monete e per altro. Prendeva parte ne' lor pericoli, gli assisteva sì nelle piccole cose, che nelle grandi, ed infine impiegava per essi quella pazienza, quella dolcezza, quella bontà, che formano il carattere distintivo de' Veneziani, e la vera essenza de' loro cuori.

Poscia che cessò il concorso de' pellegrini, il maggior consiglio co' suoi decreti, l'ultimo de' quali fu del 1454, riordinò la processione del Corpus Domini, e la volle sempre più solenne e magnifica. In questo dì segnatamente le sei principali confraternite, dette scuole grandi, facevano pomposa mostra delle loro singolari ricchezze. Di queste confraternite appunto, che sì di frequente vediamo brillare nelle nostre feste, farò parola anch'io, benchè alcuni autori ne abbiano parlato.

Antichissima fra noi fu la loro instituzione. I nostri antenati aveanle incoraggiate conoscendone l'utilità politica; e molto più il fecero dopo che il patriziato era divenuto dall'abitudine ereditario. Venezia fatta ricchissima per l'intero commercio del mondo, e divenuta popolatissima, giacchè alcuni autentici documenti provano, che avea fino a trecento ventimila abitanti, ottantamila de' quali atti a portar l'armi, tenea nel suo seno sudditi attivi ed opulenti di tutte le classi, che mettean ombra non isdegnassero o presto o tardi di essere esclusi da ogni participazione di governo. Parve perciò sano consiglio il rattemperare in apparenza ed in fatto il lor men glorioso destino. Quindi alla classe più eletta si affidarono la segreteria dello Stato, ed altri nobili ufficii nelle varie magistrature. A questi, non men che a' forensi, a' ragionieri, a' fiscali, a' medici ed anco a' laureati fu concesso l'usar toga nera, cioè lo stesso abito de' patrizj, che divenne abito nazionale. A ciascun'altra classe poi si concedettero proporzionatamente incarichi civili, privilegi, ed anche certi atti di autorità, che però non potessero mai ingelosire il governo. L'esercizio di questi spiccava principalmente nella presidenza alle pie confraternite. Ve ne avevano d'inferiori, ch'erano tante quanti erano i corpi delle arti ne' quali dividevasi il popolo artigiano della città. Esse avevano le stesse leggi, le discipline e i diritti delle maggiori. I secretarj, i fiscali, i ragionati, i notai, gli avvocati, appartenevano a quella della carità la più antica di tutte. I commercianti a quella di san Rocco, che fu di tutte la più ricca. I cittadini originarj, ed i soggetti insigniti di qualche titolo di nobiltà nello Stato, a quella della misericordia, alla quale alcuni principi ambirono essi pure l'onore di appartenere. Quella di san Gio. Evangelista venne formata di molti dotti secolari, e di gran parte del ministero; in questa pure vi furono per confratelli dei re. A quella di san Marco furono ascritti i negozianti della merceria, gli orefici ed i principali capi del setificio. Quella infine di san Teodoro era composta dei più applauditi artisti. Non vietavasi però ai patrizj, se desideravano essere partecipi dell'esercizio degli atti divoti e caritatevoli, che nelle scuole si praticavano, l'arrolarvisi quai confratelli, peraltro senza mai pretendere veruna distinzione. Ciascuna di esse avea un guardiano detto Grande, a distinzione dal sottoguardiano. Davasi al primo il titolo di Magnifico, affine di accrescere lustro alla dignità. Era formata la presidenza da due guardiani, e da un vicario. Vi avevano inoltre dodici aggiunti, ed alcuni ministri subalterni, che colla presidenza venivano a compiere la banca, cioè il nerbo del governo della confraternita: vera imitazione di quello della repubblica. Spettava alla presidenza di proporre, e alla banca il decidere gli affari. Trattandosi dell'elezione delle cariche, tutta la società avea egual diritto ai suffragi; ma niun patrizio poteva essere eletto nelle cariche principali. Ponevasi la maggior attenzione nella scelta dell'annua presidenza, poichè essendo gli affari più delicati della compagnia ad essa amministrazione affidati, era duopo assicurarsi della probità di chi dovea rappresentarla. Toccava ad essa il soccorrere i poveri, dispensando gratuitamente ogni sorte di medicine agli ammalati, procurando loro letti, vestiti, legna, danari, e dotando alcune tra le zitelle delle rispettive parrocchie. Queste presidenze ottennero in fatti una sì alta riputazione, che molte persone avendo lasciato in testamento qualche somma annua da dispensarsi ai poveri, scelsero per tutori ed arbitri alcuni di questi presidenti, il che appunto fece accrescere i fondi e le ricchezze delle confraternite. Anzi tali divennero questi fondi, questi capitali, queste investiture in effettivo contante, che furono considerate come altrettanti bancogiri, che ricevevano ed affidavano danari a censo. Ne' gravi bisogni dello Stato, e in occasione di guerra, esse unitamente insolidate apersero degl'imprestiti accreditati, sostennero il giro de' capitali della Zecca, ed offrirono più volte grosse somme di danaro alla repubblica, siccome le minori confraternite diedero buon numero di soldati e di marinaj. Se poi entrar volessimo a parlare dei sommi dispendj da esse sostenuti nel procurar magnificenza e solidità alle lor fabbriche, nell'abbellir queste con tanti e sì preziosi capi d'opera delle belle arti, e con sì gran profusione di marmi, di lampade, di candelabri e di vasi d'oro e d'argento, non sarebbe cosa da finire sì tosto. Motivi tutti, per cui meritarono, che la repubblica stessa palesasse verso di loro la più distinta considerazione visitandole solennemente coll'intervento del Doge, della signorìa e del senato, che vi si portava con il solito decoroso corteggio de' suoi peatoni dorati. Anche nelle pubbliche funzioni del Doge nella regia cappella di san Marco, le scuole grandi comparivano. In occasione appunto di queste pompose solennità il guardian grande vestiva una lunga veste cremesi a maniche larghe, dette alla ducale, ed il vicario ne portava una di color pavonazzo a manica stretta. I capi delle confraternite avevano sempre la man dritta ed il passo sopra tutti gli altri, quand'anche fossero stati patrizj, perchè allora quelli e non questi figuravano in principalità. Tali pubbliche distinzioni e civili impieghi accordati ad ogni classe, recavano una vera soddisfazione generale. Con questi mezzi i nostri saggi Legislatori seppero appagare quell'ambizione che domina in tutti i cuori, non eccettuati nemmen quelli del basso popolo; e la cosa si fece con tanta accortezza da poterne trarre sempre profitto; e senza averne mai a temere, giacchè tutte queste associazioni erano sotto la sorveglianza del Consiglio di Dieci.

Veniamo ora a parlare di quella Processione che fecesi sino all'estinzione della Repubblica il giorno del Corpus Domini nella piazza di San Marco. Piantavasi a bella posta una lunga fila di archi i quali giravano tutta la piazza, e ricoprivansi di un panno bianco. Le colonne erano vestite di damaschi cremisi, contornate di alloro, pianta prediletta dai Veneziani, e che sempre avea luogo nelle nostre feste. Ad ognuna di queste colonne accendevansi due candele di bellissima cera bianca. Sotto gli archi passava la Processione, che uscita da una delle porte della Chiesa di san Marco, dopo di aver fatto il giro della piazza, per un'altra rientrava. La scuola del Santissimo Sacramento in san Pietro di Castello, era la prima a comparire; indi veniva la Scuola della Carità; poscia i Chierici secolari, cioè i Somaschi, i Monaci co' loro Abati mitrati, ed i Teatini. Seguivano poi le altre Scuole Grandi, nè si potrebbe mai ridir abbastanza quanto apparissero copiosamente fregiate di candelabri d'argento, di preziose reliquie addobbate di gemme, di torcie di cera di smisurata grandezza. Quindi alternavansi i Regolari, dietro ai quali le nove Congregazioni dei Preti, e dei Canonici d'ambe le Chiese. Procedeva poscia l'intero Senato, ogni membro del quale teneva al destro lato un poverello e largamente donavalo a similitudine di quanto erasi prima fatto con i pellegrini; giacchè a Venezia non giunse mai il tempo a distruggere questo principio, che l'umanità è la verace sorgente pubblica, che deve da per tutto egualmente i suoi umori diffondere. Alla testa del Senato era il Doge abbigliato nella maggior gala, che con grave e lento passo accompagnava questo divoto esercito. Anche il Principe, come ciascun altro, teneva in mano la sua candela. Recava il Patriarca il Sacramento sotto un Baldacchino sostenuto da sei cavalieri della Stola d'oro. In vicinanza stavano i Vescovi suffraganei del Patriarca residenti nell'Estuario. Giunto il Patriarca alla metà della piazza, dava al popolo tutto la benedizione col Santissimo Sacramento. Quale spettacolo commovente era il vedere tante migliaja di persone ivi raccolte, cui un senso unanime di divota pietà faceva tutto ad un punto piegare a terra il ginocchio onde riceverla umilmente! Non solo il popolo artigiano, non solo il regolare e il secolare, ma l'intero Senato, ma il capo stesso della Repubblica, quegli che altrove abbiam veduto benedir egli il suo popolo, qui riverente s'inchina, leva dal capo il Corno Ducale, pone la propria mano al petto, e sommessamente si eguaglia ad ogni altro uomo in faccia al corpo di quel Signore, di cui tutti indistintamente siam figli.

Terminata così la magnifica funzione della mattina, la Veneta pietà non per anco soddisfatta, un'altra ne riservava al dopo pranzo. Fin dal principio del secolo XIV erasi fondato un monastero e dedicata una Chiesa sotto il titolo del Corpus Domini; e verso il termine dello stesso secolo permise il Governo, ch'ivi presso si erigesse altresì una Confraternita, il cui oggetto era quello di venerare Gesù Sacramentato. Essa avea il pregio di essere la più antica e la prima del mondo cattolico, essendo anteriore di 44 anni a quella instituita in Roma nella chiesa di santa Maria della Minerva nel 1539 da Paolo III. I patrizj ed i cittadini di Venezia componevano la divota associazione. Era ogni anno a vicenda prior di essa un Procurator di san Marco; un cittadino n'era il SottoPriore. Entrambi sostenevano le spese del culto, che specialmente riducevasi ad un solenne ottavario con musiche e illuminazioni sontuose, in onore di tanto mistero. Cominciavasi l'ottavario coll'andar processionalmente il dopo pranzo alla parrochial chiesa di san Geremia, affine di levare la Sacra Ostia e portarla alla chiesa del Corpus Domini, dove per otto giorni successivi restava esposta alla venerazione dei fedeli; poscia nel Vespro dell'ultimo giorno, ch'era appunto il giorno dell'ottava del Corpus Domini, riportavasi con tutta pompa alla Parrocchia donde era stata levata. La processione componevasi di tutti i Parrochi della città, non che della mentovata Confraternita del Corpus Domini, alla quale venivano associati i giovani patrizj che in quell'anno aveano assunto la toga, e inoltre i Senatori ultimamente eletti. Tutti questi accompagnavano la Sagratissima Ostia portata da un Vescovo dei vicini paesi. V'intervenivano altresì le sei scuole grandi, ed era particolarmente in quest'incontro che facevano singolar comparsa le primarie cariche d'esse Confraternite. Nè a cagion della distanza del luogo dal punto centrale della città, era minore il concorso degli spettatori, chè anzi maggior lo rendeva l'opportunità del sito di terra e di mare; giacchè oltre la folla del popolo a piedi, vedevasi la maggior parte dei facoltosi nelle loro gondolette, schierarsi lungo le rive, che adornano il contiguo canale, e accrescer lustro al divoto spettacolo.

Terminate le sacre funzioni, erano pronti i gondolieri ad impugnare il remo, e a formare quella singolar corsa marittima, che fu sempre per i Veneziani uno dei più gentili passatempi. Pare qui acconcio il darne un'idea cominciando dalla sua origine.

Negli antichissimi tempi le strade di Venezia non erano selciate, nè vi avevano ponti di pietra, ma il terreno n'era solido e tegnente, di modo che gli abitanti più opulenti le percorrevano a cavallo, e pel popolo eranvi certi battelli co' quali attraversavano i canali pagando una piccolissima moneta. Ma cresciuta la popolazione, e conosciutosi col fatto il doppio vantaggio, che offriva la barca in confronto de' cavalli, quello cioè della minore spesa, e quello del maggior comodo, particolarmente ne' giorni piovosi, cominciarono anche i ricchi a farne uso. A poco a poco aggiunsero alle barche molte cose di comodo ed in particolare un coperto, che chiamossi Felze, affine di star difesi dall'inclemenza dei tempi. Fu allora che si fabbricarono i ponti di pietra con un arco elevato, perchè le barche potessero passarvi sotto facilmente, e girare in ogni sito della Città. I cavalli andarono in disuso, e la nuova comodissima e piacevolissima vettura acquistò il nome di Gondola, che in greco viene a significare Conchiglia. Ma se in origine ciò fu economia, in seguito la spesa avanzò quella di un cavallo, e forse anche di due, non solo a cagione di tutto ciò che occorre per formare una gondola comoda e decente, ma perchè chi vuole marciare con nobiltà e decoro, deve avere due gondolieri, l'uno a poppa, l'altro a prua, i quali sono di maggior dispendio d'ogni altro domestico, avendo essi in grazia della lor professione maggior bisogno di nutrimento. Inoltre essi hanno varie sorte di vestiti per servirsene nelle differenti occasioni. Il numero delle gondole crebbe a tale, che, senza esagerazione, facevasi ascendere nel tempo dell'Aristocrazia a dieci mila. Oltre quelle che appartenevano ai patrizj, alle lor mogli, e a tanti agiati cittadini, ve n'erano moltissime, come ve ne sono pur anco oggidì, che al par della vettura in terraferma, servivano per tenue moneta chiunque passava da una parte all'altra del Gran Canale. Non si finirebbe mai di lodare la gondola, non solo per la facilità di portarsi da un luogo all'altro, ma per il piacer che cagiona il viaggiare, per così dire, senz'accorgersene, e senza soffrir fatica alcuna, a un dipresso come se si fosse in casa propria, giacchè in gondola puossi dormire, leggere, conversare, nè alcuno scuotimento o disturbo frastorna. Le belle sere d'estate, egli è una vera delizia il montar in gondola colla sua famigliuola, e l'andar a diporto lentamente per il Canal Grande, ove spirasi un salubre fresco, e dove gli occhi si pascono del superbo spettacolo di tanti begli edifizj che lo circondano. Aggiungeva una volta piacere l'incontro frequente di alcune serenate, che potevansi a sua voglia seguire per ogni dove. Tutto questo fece immaginare di stabilir dei giorni permanenti per incontrarsi in molto numero a prendere il fresco; e da ciò ne derivò quel corso di gondole, appunto come in terraferma fassi quello delle carrozze. Simili corse acquistarono esse medesime il nome di Fresco, e divenne uno spettacolo degno di figurare nella gran festa dell'Ascensione, in questa del Corpus Domini, ed in altre, e di essere anche offerto alla venuta in Venezia di qualche principe. Oltre il piacere che aveasi a questo Fresco, esso era di somma utilità, poichè un tale esercizio rendeva sempre più destri od animosi i giovani gondolieri colle loro frequenti tenzoni e disfide, nelle quali consolidavansi in quella forza e in quelle cognizioni tanto necessarie alla sicurezza nostra. Facevasi questo Fresco, o sia tali corse, entro uno spazio chiuso tra due rive, come per esempio nel canal di Murano, in quello della Giudecca, e in quello più ristretto del Corpus Domini, affinchè la gente ch'era a piedi, potesse anch'essa godere ed insiem rallegrare lo spettacolo. Lo spirito di speculazione che in tutto si mischia, contribuiva in questo caso moltissimo a rendere più dilettevole la scena, giacchè scorgeansi sui margini doppie file di scranne, sulle quali si assideva quantità infinita di persone d'ambi i sessi, vestiti con varietà e garbo. Eravi il gentil costume di vestir gli stessi gondolieri con certa foggia elegante e leggiera, che ce li facea credere piuttosto attori di teatro pronti a figurare in un ballo, che servitori occupati nell'adempiere al loro dovere. I drappi di seta, le frange, i galloni, le piume, le fasce svolazzanti intorno il corpo erano i loro consueti ornamenti.

Le acque erano coperte di leggiere gondolette. Queste vedevansi andare, venire, seguitarsi, gareggiare fra loro, procurar di superarsi, e mercè la destrezza ammirabile, aprirsi, tra una folla che parea impenetrabile, un sufficiente passaggio, senza urtar le barche vicine; insinuarsi a guisa di serpi con grazia e con velocità, lasciando addietro que' che per essere meno pratici o un po' meno robusti, erano forzati a cedere. In sì fatte gare era regola osservatissima, che i padroni non prendessero parte alcuna, e ciò ad oggetto di evitare quel risentimento che avrebbe potuto derivare da una forse mal intesa protezione.

Le belle ninfe dell'Adria stavano in quelle corse, sedute voluttuosamente nella loro agile gondoletta sopra cuscini di piume, quasi sovrane di quell'argentea superficie. Vestite ed acconciate con somma eleganza, dalla negra tinta della gondola, che pur sembra sì trista a qualche forestier mal accorto, acquistavano le lor carnagioni certo vivo risalto, che le rendeva ancor più belle e interessanti. Talora andavano esse rapidissimamente come se avessero voluto involarsi agli sguardi dei curiosi; ora lente lente quasi per lasciarsi vagheggiare; spesso apparivano in preda alla spensieratezza, e davano tempo a que' che fiancheggiavano le loro gondole di pascersi delle loro attrattive mostrando di non abbadarvi; ma più spesso col lanciare sguardi lusinghieri, cercavano di aumentare il loro trionfo sottomettendosi novelli schiavi. Alcune volte ancora introducevano gaja conversazione colle gondole che alle loro si approssimavano, finchè alcune altre barche leggiere diguazzando l'onde, troncavano i faceti colloquj cacciandosi in mezzo, e passando e ripassando fra loro. Eranvi poi fra i più provetti gondolieri di quelli dottissimi delle genialità, che aveano l'arte, per dir così, di simpatizzar le gondole di maniera, che ora scorrendo velocemente, ed or rallentando il moto, facevano che spesso fossero vicinissime o paralelle fra loro quelle che più gradite erano dai loro padroni.

Ecco come anche questa festa, sì pia e divota nella sua origine, compivasi con quel solito condimento di un'amabile galanteria, che serve sempre ad esilarar soavemente lo spirito e a risvegliare dolcissime sensazioni nel cuore.

Fu terribile ed ostinata la lotta che durò per lo spazio di quasi tre secoli fra la Repubblica di Venezia e quella di Genova per la preminenza sul mare, e da essa ridondarono infinite sciagure ad entrambe. Daremo adesso una fuggitiva occhiata agli avvenimenti che precedettero, per fermarci poscia sulla guerra ch'ebbe luogo pel ricuperamento di Chioggia, la cui perdita ridotto aveva alle ultime strette la nostra Repubblica.

Parlano abbastanza le storie del valore, dall'intrepidezza e della fermezza di questi due Popoli marittimi; e se non è dalla riuscita delle battaglie che debba dipendere la superiorità del merito, rimane tuttavia incerta e sospesa la bilancia fra i Veneziani e i Genovesi. Ma se il sentimento della pura morale, quel sentimento sì bello, sì grande, sì nobile, che ci fa spesso condannare ciò che la politica approva, abbia a servir di guida ai nostri giudizj anche riguardo alle azioni guerriere, l'equilibrio è subito tolto, e la bilancia tracolla verso quella parte dove esiste maggiore moralità. Se vi fu mai un'epoca, in cui si combattesse più colla mala fede che colla forza, più colle astuzie che coll'armi, si fu certo quella di cui imprendiamo a parlare. Pur non negheremo, che il nostro nemico fece altresì mostra di un'attività e di un'ostinazione sorprendenti. Abbattuto e soggiogato, risorgeva sempre con maggior audacia e più forza, benchè non trovasse nemmen noi nè indolenti, nè oziosi, ma anzi sempre pronti, coraggiosi ed intrepidi. Si è altrove detto come i Genovesi sul principio cercarono di emulare la nostra gloria e il nostro ben essere, e come questi primi sentimenti di virtù si convertirono poscia in vizj, e degenerarono in affetti di gelosia e di bassa invidia. Tali difetti non ebbero più freno, allorch'essi videro i Veneziani nel 1205 padroni di Candia; se non che, non sentendosi bastantemente forti per dare aperto sfogo a tutto il loro disgusto, ricorsero al tradimento suscitando la sollevazione de' Candiotti; ma ne furono puniti colla perdita di molti vascelli. Nel 1256 tentarono sotto varj pretesti d'invadere i diritti ed i possessi dei Veneziani nella Siria; e furono ben presto discacciati anche di là con perdite riflessibili. Nel 1260, il Senato Veneto avea ordinato alle sue flotte di ricuperare Costantinopoli perduta dai Latini, e ciò sarebbe assolutamente riuscito, se i Genovesi, per animosità contro i Veneziani, non avessero abbracciato il partito odioso a tutta l'Europa, quello dell'infedele imperator greco Andronico Paleologo, il che fece così mancare l'impresa. I Veneziani, scordato allora il loro principale oggetto, quale si era la conquista di Costantinopoli, arrischiarono di perdere fin la Palestina; tanto era il desiderio di vendicarsi di un nemico, che di dì in dì si rendea ognor più formidabile. La rabbia scambievole da quel punto non ebbe più limiti, e per lo spazio di quasi un secolo l'un popolo e l'altro tinse del suo sangue que' mari stessi, che gli erano stati sorgente di somme ricchezze. Infine i Genovesi, più stanchi dai travagli che costretti dalla forza degli avvenimenti, preferirono di disonorarsi, e di sacrificare spontanei la loro libertà per avere la pace. Si dedicarono all'arcivescovo di Milano che governava quello Stato, tanto per il temporale che per lo spirituale. Questo principe accolse favorevolmente gli ambasciatori Genovesi, e promise la sua protezione.

Chi avrebbe mai potuto immaginare risoluzione sì straordinaria in un popolo, ch'era divenuto in Italia possente a segno da misurarsi con i Veneziani; ch'erasi fatto ammirare per il valore e la gloria acquistata sul mare; che avea fatto fin allora nobilissimi sforzi per sostenere la sua indipendenza, e lo splendor del suo nome? Eppure a tanto il condusse l'avere perduta ogni idea di dignità repubblicana, e il non ascoltar più che le proprie passioni, fra le quali l'odio, ch'è quella che più d'ogni altra precipita l'uomo in un abisso di mali e cagiona la rovina delle nazioni. Fatti forti i Genovesi del nuovo appoggio, riaccesero la guerra contro i Veneziani; ma la morte dell'Arcivescovo accelerò una pace, a dir vero, desiderata da ambe le parti. Venne sottoscritta il primo giugno 1355. Essa fu utile particolarmente ai Genovesi, i quali non più bisognosi di esterni appoggi, approfittarono delle dissensioni fra i tre fratelli Visconti per iscuotere il loro giogo. Discacciarono il governator Milanese, rielessero un Doge, e ripresero l'antico Governo. Lungi però dall'occuparsi a regolare i loro costumi, a formare savie leggi, a consolidare la felicità nazionale, a godere dei beni della pace, non pensarono che a porsi in istato di rinnovar la guerra ai Veneziani. Essa infatti scoppiò nel 1377, e questa fu la più grave e la più terribile di quante sin allora la nostra Repubblica avesse sostenuto, e quella che più meritò di venire descritta dagli Storici nazionali, e dalle penne anco forestiere. Penso tuttavia, che ai miei Lettori non ispiacerà trovarne qui ripetuto il racconto, risalendo alle cagioni che l'hanno promossa.

L'impero d'Oriente era stato principalmente il teatro delle rivalità fra Veneti e Genovesi. E gli uni e gli altri aspiravano egualmente al commercio esclusivo de' mari del Levante. Quando Paleologo, soprannominato Calogiani a cagione della sua bellezza, regnava in Costantinopoli, i Veneziani traevano grandissimi vantaggi dalla preferenza ch'egli a loro accordava. Sventuratamente questo imperatore, quantunque amato dal popolo per il suo governo dolce ed umano, non potè però difendersi dalle insidie di Andronico suo snaturato figlio, il quale congiurò per privarlo del trono e della vita. L'orrida trama fu a tempo scoperta, e Calogiani ordinò, che Andronico fosse immediatamente chiuso in una stretta prigione a Pera, ed accecato.

I Genovesi tosto presero il partito di Andronico, sicuri di avere in tal modo un imperatore, che per riconoscenza e per interesse gli favorirebbe in confronto ai rivali. Coll'ajuto di molti fra gli abitanti di Pera, valsero a corrompere le guardie delle prigioni ed a sottrarre Andronico, che mercè alcuni pronti soccorsi ricuperò quasi interamente la vista, e che fu fatto acclamar imperatore. Nel tempo stesso andarono ad attaccare il palazzo di Calogiani, si assicurarono della sua persona, lo incatenarono e lo chiusero nel castello di Arsema sul mare. Con questo destro maneggio, e con questo esito felice, i Genovesi divennero non solo potentissimi in Costantinopoli, ma ricevettero pur anche da Andronico l'isola di Tenedo, che da lungo tempo già vagheggiavano. I Veneziani, spettatori di questi avvenimenti, ne furono afflitti tanto più che non potevano sul momento opporre nessuna resistenza.

Tra quelli che si trovavano allora in Costantinopoli eravi Carlo Zeno, i cui fasti militari lo resero poi celebratissimo nella Storia. Calogiani, che lo conosceva per un giovane vivace e intraprendente, risolse di rivolgersi a lui per implorarne soccorso; e gli scrisse una lettera valendosi del mezzo della moglie del governatore del castello, sensibile al destino di quest'illustre prigioniere. Per un anima elevata i maggiori pericoli sono stimoli i più potenti per determinarsi alle nobili azioni. Il Zeno tosto rumina nella sua mente un disegno, con cui liberar Calogiani e riporlo sul trono. Conosce l'instabilità de' Greci, vede che non v'ha che un colpo di mano per trar Cologiani dalla prigione, e presentandolo al popolo, farlo riconoscere per il solo imperatore. A questo fine assicurasi egli in prima con giuramento e con larghe promesse della fedeltà e della forza di ottocento uomini che colloca in varie imboscate; e sapendovi essere nella rocca una finestra che mette sul mare, non dubita più della buona riuscita. Reso con lettera avvertito il principe di quanto far dovea, Carlo nella più fitta oscurità della notte monta nel suo schifo, si avvicina al castello, dà il segnale convenuto, gli è gittata da una finestra una corda, che tosto egli afferra; vi si arrampica, ed entra nella stanza di Calogiani. Principe, scendete meco; ogni dilazione accresce il pericolo; non v'è momento da perdere. Calogiani, abituato alla mollezza, non si sente capace di un'ardita impresa; comincia a tremare, a piangere, e non osa di abbandonarsi alla sorte. Inutilmente il Zen cerca d'infondergli la sua energia, e di far che si determini a seguirlo. Strana situazione di questi due uomini! L'uno ha un trono e forse la vita in premio del suo coraggio, e queste due cose, le più preziose agli occhi di quasi tutti, non bastano a farlo risolvere; l'altro non ha che il piacer di beneficare, e si precipita ad occhi chiusi nel più grande dei pericoli. Pensava forse l'Imperatore, che bastasse ad un sovrano il far voti, e che occorrendo esporsi ai pericoli, toccasse ai sudditi l'affrontarli, e spesso rimanerne le vittime? Non osava però Calogiani manifestare apertamente la sua codardia, e scusavasi con dire, che non gli reggea l'animo di partire, poichè lasciando i suoi figli fra ceppi in potere di Andronico, questo si sarebbe vendicato della fuga immolandoli entrambi. Se potessimo veramente assicurarci, che questi timori fossero derivati dalle angoscie di un amore paterno, chi mai v'ha che condannar li potesse? Non sarebbe forse il trionfo il più compiuto ed il più sublime della natura, che detta il più gran sacrificio ed il più generoso abbandono? Ma se, al contrario, questi timori non furono prodotti che dalla pusillanimità e da una vile debolezza, che fa tremare del pericolo personale, non è possibile di non disprezzare un tal uomo. Il Zen fece tuttavia ogni sforzo per vincere tutte le opposizioni di Calogiani; ma questi non seppe con altro rispondere, che colle lagrime e coi singhiozzi. Infine il tempo stringeva; conveniva separarsi. Il Zeno con vero strazio di cuore si allontana dal misero principe, discende nello schifo, congeda i soldati, e rientra in casa afflittissimo.

Qualche tempo dopo, Calogiani non potendo più tollerare la sua penosissima situazione, fece di nuovo giungere, col mezzo della tenera messaggiera, un'altra lettera al Zen, nella quale egli protesta, che ad ogni costo vorrebbe essere liberato dalla sua dura schiavitù. Per meglio determinarlo al nuovo ajuto, gli spedì un atto sottoscritto di sua mano della donazione dell'isola di Tenedo alla Repubblica. Il Zen, che nulla più desiderava, risponde immediatamente al principe, e lo informa de' solletici mezzi immaginati per salvarlo. Per una di quelle fatalità singolari, che sembrano disposte propriamente dal destino, la messaggiera rientrando nel castello smarrisce la lettera, che viene prontamente raccolta da una delle guardie, e ch'è subito recata ad Andronico. Tosto suscitasi un gran rumore nel palazzo; si arresta la donna, e si pone alla tortura; essa svela tutto il secreto. Andronico furibondo vuol avere in sua balia Carlo Zen, per fargli subire i più orrendi supplizj; ordina ai suoi soldati di cercarlo da per tutto; minaccia il Console Veneto, e la Repubblica stessa, s'egli non viene tosto consegnato. Carlo, a tempo avvertito di quel fulmine, si salva presso ad un soldato della cui fede non potea dubitare, riserbandosi ad altro momento per quell'impresa ch'egli poi ebbe la gloria di condurre ad effetto, quella cioè di liberare lo sventurato monarca, e di riporlo sul trono.

Mentre tutto ciò accadeva in Costantinopoli, ecco giungere la flotta Veneta comandata da Marco Giustiniani, che scortava i vascelli mercantili di ritorno dal Tanaì. Come il Zeno ne udì la nuova, si sentì tutto ravvivare, e tosto deliberò, coll'ajuto del suo fedel soldato, di trasferirsi notte tempo su quella flotta. Il Giustiniani lo ricevette a braccia aperte, e fu ben contento quando vide l'atto di donazione fatto da Calogiani dell'isola di Tenedo, che assicurava alla Repubblica libero il commercio di Costantinopoli mercè il passaggio esclusivo dall'Arcipelago negli altri mari. Senz'altre considerazioni, il Giustiniani scortò prima di tutto la flotta mercantile sino oltre l'Arcipelago, e vistala in salvo, volse la prua verso Tenedo. Il Governatore dell'isola era un Greco dedito al Calogiani. Quando riconobbe l'atto di donazione segnato dalla mano del principe, egli rimise senza dilazione ai Veneziani la città ed il castello. Il Giustiniani, dopo avervi posta una guarnigione, e dati gli ordini necessarj, ritornò a Venezia.

I Genovesi in Costantinopoli, informati di questo avvenimento, tutti furenti si recarono ad Andronico. Gli rappresentarono che l'attentato de' Veneziani era oltraggiante la sua autorità, e gli fecero conoscere com'egli stesso sarebbe assai presto privato dell'impero e della vita, se non prendesse la pronta e vigorosa risoluzione di vendicarsi di una nazione; che non rispettava nè diritti, nè proprietà, nè trattati, purchè potesse soddisfare la sua insaziabile cupidigia. Non era Andronico uomo da tollerar le offese, e meno ancora quelle che annunziavano malvaggi disegni. Volle subito inspirare il timore, ed a quest'effetto fece immediatamente cercare il bailo Pietro Griani, e tutti i mercanti Veneziani, ed ordinò la confisca de' loro beni. Poscia raccolse tutte le sue truppe miste ai soldati Genovesi, le fece imbarcare sopra ventidue galere, e montato egli stesso un grosso vascello fece vela ver Tenedo. I Veneziani, prevedendo l'attacco, aveano spedito un qualche rinforzo, ed eletto per comandante e governatore della fortezza il soprannominato Carlo Zen. Questi si trincerò nei borghi con trecento uomini, ed alcune compagnie di arcieri. Antonio Venier difendeva con un corpo di guardia la piazza, ch'eragli affidata. Quantunque nel mese di novembre, fu la stagione favorevolissima alla navigazione di Andronico, che prese da ciò augurio per la sua impresa. Giunse a Tenedo; fece la sua discesa senza trovar opposizione; dispose le sue truppe in ordine di battaglia, e si avanzò per attaccare il borgo; ma colà dovette fermarsi tutto in un punto, trovandovi qualche inattesa difficoltà. Il giorno era nel suo declinare. Andronico risolse di rimbarcarsi co' suoi soldati per non essere esposto nella notte ai dardi del nemico. Frattanto il Zen colloca nelle case del borgo la maggior parte della sua truppa, con ordine di non uscire se non ad un segnale convenuto. Il giorno dopo Andronico discende di nuovo a terra, sforzasi di vincere le trincee del borgo, e vi riesce. Zen nell'avanzarsi delle guardie, si ritira precipitosamente nell'interno del borgo. Allora e Greci e Genovesi, ingannati da questa finta timidezza del Zen lo insieguono senza nulla sospettare, guadagnano sempre più terreno sin a tanto che, dato finalmente il segnale, tutti i soldati Veneti si slanciano fuori delle case, si precipitano sul nemico, ch'è da ogni parte preso, e di cui viene fatta un'orrida carnificina. Quelli che poterono salvarsi andarono a raggiungere i loro compagni d'armi, ch'erano tuttavia nelle galere, ed il giorno appresso tutti insieme vennero ad attaccare i Veneziani, la cui forza non era neppur la metà di quella della parte avversaria. Carlo, tuttochè ferito in una coscia, giunge al campo, anima i soldati, dà gli ordini con una presenza di spirito mirabile, e combatte egli stesso colla maggior fermezza. Nell'ardore della mischia riceve due ferite, una nella mano, l'altra nel ginocchio; ma non per questo abbandona il suo posto, nè cessa d'invocare i suoi sino a che lo spargimento del sangue il fa cader a terra svenuto. I soldati, furibondi al vederlo in tale stato, si gettano come leoni su i battaglioni nemici, tagliano a pezzi gli uni, inseguono gli altri, e gli sforzano d'imbarcarsi in gran disordine. Andronico confuso, umiliato, non ha altro rifugio, che di riporsi alla vela, e di restituirsi a Costantinopoli colle sue galere.

Un simile evento può bensì abbassare l'orgoglio, ma non già ammansare l'odio e l'invidia, anzi dee renderli più gagliardi e veementi. Siccome però in quest'affare i Genovesi avevano agito sotto mano, ed era Andronico in apparenza, che sosteneva la guerra, così non potevano credersi abbastanza giustificati di dichiarar la guerra ai Veneziani per vendicarsi dei torti, e ancora meno di poterla sostenere da per sè soli. Mentre stavano perplessi, un altro accidente procacciò l'occasione di manifestare il loro mal animo. Pietro di Lusignano, re di Cipro era morto, e suo figlio Pietro eragli succeduto. Questi, secondo l'uso, s'era fatto coronare a Nicosia come re di Cipro; gli mancava ancora di essere coronato a Famagosta come re di Gerusalemme. Vi si recò agli a quest'oggetto, e per rendere la solennità più imponente, tutti i ministri e consoli forestieri furono invitati, come pure i principali signori della città ed i forestieri di maggior rango. Allorchè le cerimonie della Cattedrale furono terminate, il re accompagnato dal numeroso corteggio si restituì al suo palazzo, dove stava imbandito un magnifico banchetto. Cammin facendo, il console di Genova pretese andar innanzi al console Veneto; questi nol permise; la disputa si accende, il rumore cresce, ma tutta la corte prende il partito del Veneziano, e accheta sul momento la rissa; se non che la stessa disputa si rinnova a mezzo il banchetto; si alza la voce; dalle parole si viene ai fatti; gli uni si gettano sugli altri, combattono, s'inseguono, si feriscono, ed a stento il resto de' convitati separa i due partiti. I Veneti ottennero il favor generale, e quindi i Genovesi vennero cacciati fuori della regia; affronto che li punse sul vivo, e per cui abbandonarono l'isola, trasportando seco tutti i loro averi.

Giunte a Genova le relazioni del nuovo fatto, tutti i cittadini di comune consenso giurarono piena vendetta. Cominciarono dal voler punire la parzialità del re di Cipro verso i Veneziani. Armarono immediatamente una flotta, la quale, sia per tradimento, sia per sorpresa, conquistò Famagosta, ove fu posto a ruba quanto apparteneva ai Veneziani. Nello stesso tempo riuscì loro di formare una lega. I Signori di Padova odiavano i Venezianj per più ragioni, e particolarmente per essere stati ultimamente costretti a segnare una pace umiliante. Nommeno il re di Ungheria gli amava gran fatto per timore ch'essendo padroni del Golfo, non si rendessero di nuovo padroni della Dalmazia, donde gli era riuscito di scacciarli. Il Patriarca di Aquileja, signore del Friuli, li vedeva con gelosia fatti padroni della Marca Trevigiana, che formava frontiera ai suoi Stati. Gerardo di Camino, conte di Ceneda, li soffriva anch'egli a malincuore vicini; e così altri signori di rango inferiore. Tutti costoro adunque non furono lenti a stringere alleanza co' Genovesi, trattivi dal più vivo desiderio di abbattere la potenza Veneziana.

La Repubblica ben vide il fulmine, che le sovrastava, e tosto cercò essa pure degli alleati; ma non ne trovò che due; il re di Cipro e Barnabò Visconti, signor di Milano, di cui fu assai debole il soccorso; laonde rimase ad essa sola tutto il peso di questa formidabile guerra.

La prima flotta, che pose in mare in questa occasione, venne affidata a Vittore Pisani; che già godea alla riputazione e l'amore del popolo. Cominciò egli dal percorrere la riviera di Genova, dal prendere tutti i vascelli che ne uscivano, disordinare la flotta nemica verso Anzo, e dopo un vivo combattimento, dall'impadronirsi del comandante della flotta Lodovico Fiesco, di molti nobili, di gran numero di altri prigionieri, e di dieci galere. Indi volta la prua verso la Dalmazia prese Cattaro, e poco dopo anche Sebenico, malgrado la opposizione degli Ungheri che allora tenevanle. Tentò poscia di dar l'assalto a Trau, dove fece prodigi di valore. Provocò in tutti i modi il nemico a battaglia; ma questo mai non si mosse, e riputò sua somma salvezza lo starsi chiuso là dentro. Il che veggendo il Pisani disperò di poter condurre a bene l'impresa, tanto più che la sua armata era in gran penuria di vettovaglie; nè per li venti contrarii e la stagion burrascosa, poteva sperare soccorsi. Levò quindi l'assedio di Traù, e si rivolse contro Zara, sperando poterla prendere d'assalto; ma non gli riuscì di acquistare che l'isola di Arbe, la quale si arrese alla prima intimazione.

Il Governo di Venezia, che stava in gran timore, che Luciano Doria partendo da Traù penetrasse più avanti nell'Adriatico, e ponesse in pericolo la capitale stessa, ordinò risolutamente al Pisani di ritornarvi tosto, acciocchè o per assedio o per assalto, o coll'armi, o colla fame, prendesse la piazza, e così restasse disfatto il Doria. A tal effetto gli vennero spedite quattro grosse galee, che, tollerate molte burrasche, recarono il sospirato sovvenimento. Il Pisani ubbidì, e tosto ricomparve sotto Traù, che trovò più difeso e fortificato di prima. Senza punto scemar di coraggio, circonda il porto tutto all'intorno, rinnova a più riprese l'assalto, bombarda incessantemente Ungheri e Genovesi, e cerca colla sua insistenza di vincer l'altrui ostinazione. Ma tutto fu indarno; ed egli intanto vi aveva perduta molta gente, consumati presso che tutti i viveri, l'inverno era già inoltrato, i ghiacci fatti altissimi, ed i venti grossissimi producevano una continua tempesta di mare. Nelle milizie e nelle ciurme si erano introdotte malattie pericolose, mortalità frequenti, e molti vi ci aveano perduto e mani e piedi per l'estremo rigore del freddo. Chi poteva fuggire lo faceva; gli altri destavano tumulti; e tutti illanguiditi scongiuravano di esser riserbati a qualche più ragionevole impresa. Cosicchè per eccitamento degli stessi provveditori e sopracomiti che avevano la maggior parte delle loro galee sconquassate e rotte, venne risolto di levar le ancore, e di recarsi nel porto di Pola. Fu certo gran ventura che i Genovesi non uscissero ad inseguire questa squadra ridotta a tale, che a grande stento potè guadagnare quel porto.

Vittore, che anche in questa fatalissima circostanza avea fatto conoscere di saper obbedire e di giudicar bene, trovavasi abbattuto nella salute, ed afflitissimo nell'animo per lo stato infelice a cui vedeva ridotta la squadra. Spedì a Venezia tutti i corpi delle galee, che non erano più di nessun uso, tutti gli ammalati ch'erano in grandissimo numero; e accompagnò con lettera questo lagrimevole spettacolo, aggiungendo, che non men compassionevole era la situazione di quei che rimanevano; ed insieme chiese licenza di ripatriare, poich'era prossimo il termine della sua carriera militare.

Lungi dall'ottener egli la grazia richiesta, ebbe l'espresso comando di doversi trattenere a Pola tutto l'inverno, affinchè i Genovesi non tentassero qualche impresa nella provincia dell'Istria, qualora fosse lasciata senza forza. Anche questa volta un tanto oggetto vinse ogni altro riguardo; ma intanto l'armata gli si andò scemando almeno di un quinto.

Correva il febbrajo, quando ricevè un rinforzo di undici galee, colle quali scortare il Giustiniani che andava in Puglia a provvedere di grani. Appena cominciato il viaggio, una burrasca fece grande strazio de' vascelli, e due si smarrirono. Di ritorno dalla Puglia, iacontra la flotta nemica, ed è inevitabile l'attacco. Al primo incontro il Pisani rimase ferito mentre stava alla scoperta animando i suoi; ma senza punto smarrirsi proseguì a combattere. Il vicecapitano nemico restò ucciso, e la flotta tutta cominciò a piegare. Luciano Doria, che non si era atteso tale rovescio, prevedendo il pericolo del peggio, pensò a ritirarsi fino nel porto di Zara. Il Pisani lo inseguì alquanto, e poscia entrò nel porto di Pola, avendo salvato il convoglio, e speditolo a Venezia colla relazione del fatto.

Ma quale fu il suo dolore quando, sbarcate e fatte passare a rassegna le truppe, non ne trovò appena numero bastante per completar sei galee, di trenta che ne aveva nel mese di novembre, e queste inoltre sdruscite e mal atte a qualunque servigio! Scelse però fra esse la migliore, e la pose per sentinella al porto. Ma ben tosto e dalla guardia, e dagli stessi Polani venne avvertito, che il nemico avanzavasi da quella parte. La costernazione fu generale. Tutto era ancora sconcerto e disordine, e l'armata abbisognava di rifacimento e di ristoro. L'unico conforto del Pisani si fu il pensare, che sin a tanto ch'egli se ne stava chiuso là dentro non v'era nulla a temere, che l'armata sarebbe stata salva. Tolto così ogni turbamento anche dall'altrui animo, si accinge a sollecitare i lavori atti a dare miglior forma alla squadra; fa costruire alcuni navigli apposti per guardare la bocca del porto, e pone in armi anche i terrazzani. Frattanto il nemico s'accostava ond'esplorare ciò che facevano i Veneziani nel porto, e li provocava con parole di scherno a battaglia; cosicchè quando la squadra fu bastantemente in pronto, e soldati e marinai, e provveditori e sopracomiti, manifestarono il più ardente desiderio di attaccare il nemico, e cercarono di determinar il generale a secondare i loro voti. Ma non ebbero forza nè rimostranze, nè preghiere per rimoverlo dal suo proponimento. Incoraggiati i Genovesi da questa inazione, si presentarono arditamente con quattordici galee innanzi al porto in ordine di battaglia, ognor più agglomerando i vituperj e gl'insulti. Parevano i nostri tanti. mastini in catena che anelano di mordere i passeggieri; e si misero tumultuariamente a gridare di voler essere condotti all'attacco. Il Pisani, sempre fermo nella sua risoluzione, cercò di placarli; ma poichè vide che i provveditori e i sopracomiti autorizzavano i voti ne' subalterni, ragunò consiglio di guerra. Udì prima le opinioni di tutti; indi rispose ad ognuno, ed aggiunse alfine la sua, cominciando dal far osservare la differenza che passava dall'una all'altra armata. La Veneta composta di venticinque galee mezze infrante in più assedj, in più battaglie, in molte burrasche, racconcie in fretta sia nei cantieri di Venezia, che in que' di Pola; le otto navi ed altri legni non ad altro atti che alla difesa del porto, o al più a guardar da lungi la coda della flotta; le ciurme e i marinai provetti essere pochissimi; quelli di recente spediti, trovarsi ancora affatto inesperti, ed i Polani non potersi computare di sicura fede. Al contrario le galee de' nemici, benchè soltanto dodici di numero, essere però tutte ben fornite di gente fresca, e di soldati veterani. Chiamò inoltre a riflettere; che quel Luciano Doria, che tanto allora gli stimolava a battaglia, era quel desso, che con armata pari o maggiore della Veneta, aveva sfuggito l'incontro a Taranto, a Zara, a Traù ed ultimamente verso la Puglia; che se con forze apparentemente inferiori ordiva allora di attaccargli, era segno di averne di maggiori poste in agguato dietro i vicini scogli, o in distanza tale da poter presto raggiungere le altre. Indi concluse, che i saggi comandi del Senato a lui diretti, erano di starsene sulla difesa per conservare alla Repubblica l'armata e gli Stati, e che per ciò conveniva non uscire dal porto, lasciar vanamente gridare il Doria, e intanto adempiere ciascuno dal suo canto il proprio dovere, prestando obbedienza a chi sovrastava per grado. Punsero al sommo queste ultime parole e provveditori e sopracomiti, i quali risposero arditamente; accusarono il Pisani di abusare della sua autorità, e sostennero ch'essendo egli solo di parere di non attaccare, dovea cedere alla comun brama e alla volontà universale. Non pertanto vistolo irremovibile, si diedero ad insultarlo e a rimproverargli, che non già per obbedienza al Senato, o perchè credesse vero l'esposto, ma per viltà e condardìa volea scansare l'attacco. Lo sdegno divampò nel Pisani a tale scongiuro; nè potendo soffrire l'infame sospetto contro la sua virtù, e considerando d'altronde, che per legge egli solo non poteva resistere all'altrui concorde volere, s'alza furiosamente dal seggio, fa dar il segnale della battaglia, comanda che ciascuno il segua, e disposti in ordine i navigli, si slancia il primo contro il nemico. Mira la galera del comandante Doria; l'investe colla massima forza; uccide il generale e s'impadronisce del vascello. Le due flotte nemiche si battono con reciproco valore da rendere la vittoria incerta, benchè paja un po' preponderare anche questa volta in favore de' Veneziani. I Genovesi cominciano a poco a poco a ritirarsi in qualche disordine; i nostri gl'inseguono con quell'ardore, che la vittoria inspira, quand'ecco improvvisamente sbucar dalla baia una flotta nascosta, che gettasi su quella del Pisani, la rompe ne' fianchi, e colla sua grande superiorità rende vani tutti gli sforzi del comandante. I Genovesi vi perdono il loro generale e gran numero de' suoi; nondimeno riportano una vittoria, che li rende padroni di quindici galee con tutti gli equipaggi; queste vengono trasportate a Zara; ventiquattro nobili patrizj fatti prigionieri sono spediti a Genova; le ciurme e le milizie veneziane vengono forzate a servire sotto gli ordini de' vincitori.

Il Pisani, a cui nulla più rimaneva a sperare, si svincola dal nemico, e colle ultime reliquie si sforza di rientrare in Parenzo. Ma qual orrore nello scontrare, via facendo, qua frantumi di galee, là cadaveri natanti, e in vedere per vastissimo spazio le acque tinte del sangue de' suoi! Afferrato il porto, gli convenne spedire a Venezia la nuova di questa fatalissima disfatta.

Non è da dirsi qual fosse la desolazione e il lutto della città per tanto pubblico e privato danno. Non solo invitavano al pianto le tante navi, il tanto oro, le tante vettovaglie perdute, le facoltà di parecchie famiglie nobili e popolari consunte; ma ciò ch'era pegio, la mancanza di tanti cittadini, che lasciavano le loro case quale orba del padre, quale del figlio, quale del marito, del fratello, o di uno stretto congiunto. A tanto dolore univasi pur anche la considerazione del pericolo della città stessa, esposta al vittorioso ed insolente nemico, senza aver pronta un'armata, od un alleato che ne assumesse la difesa. All'afflizione successe il sospetto, che tanta sciagura non fosse avvenuta senza colpa del comandante; e tale sospetto valse a suscitare tutte le antiche animosità. Nel Doge, benchè parente, si rinnovarono alla memoria i modi acerbi, e le minaccie usate per indurlo ad accettare il principato, che fermamente ricusato avea; in Pietro Cornaro Procuratore un insulto dal Pisani ricevuto in pien Senato; in Taddeo Giustiniani di lui emulo l'essere stato sempre posposto nelle ambite dignità; in quasi tutti i cittadini si destò l'invidia della sua gloria. Ad alimentare il fuoco si aggiunse, che gli Avvogadori di que' dì, essendo stretti parenti e dei provveditori e de' sopracomiti più ragguardevoli o morti, o fatti prigionieri nella battaglia, anelavano di far vendetta sopra di lui; talchè quell'uomo, che testè consideravasi il principale sostegno della patria, in questo momento ne venne riguardato il traditore. Ed ecco come gli umani giudizj sì riguardo agli avvenimenti, che alle persone, dipendono quasi sempre da cose estrinseche al merito, e come la gloria o il biasimo sono spesso il prezzo della buona o cattiva fortuna! Dal che ne deriva, che il primo danno che accade ad un infelice benchè innocente, quello si è di vedere macchiato ciò che avea di più caro, l'onore. Gl'invidiosi, e i nemici lo colmano di calunnie le più orrende, le quali vengono generalmente ricevute per giuste, giacchè le persone disappassionate ed oneste non osano prendere la difesa della verità, certe di non essere ascoltate, e timorose di venir esse pure avvolte nella di lui sciagura. Nel presente caso adunque i consiglieri, convocato il Gran Consiglio, uniti agli avvogadori cominciarono dall'incolparlo d'imprudenza nell'aver inciampato negli agguati, e di pusillanimità nel non aver saputo star forte contro il nemico, donde nacque il disordine e lo scompiglio della flotta. Dimostrarono coi più vivi colori, come per cagione di lui avea perduto la Repubblica il nerbo delle sue forze, l'uso e la libertà dei mari, la navigazione, il commercio e la fede de' cittadini e de' forestieri; per lui essere stata offesa la dignità del principato e messa in pericolo; per lui abbandonate al nemico le sostanze, il danaro, i viveri e perfino i proprj concittadini. E tanto dissero contro di lui da indurre il Gran Consiglio ad annullare solennemente l'atto della sua esaltazione al posto generalizio, ed a richiamarlo con pubblico decreto tra ceppi alla patria. Vi giunse egli: e smontato dalla capitana alla piazzetta di san Marco, venne accolto da una folla di popolo, che stava in sul tumultuare, scorgendo quelle oltraggianti catene, onde la malevolenza de' grandi gli aveva avvinti i piedi e le mani. Ma egli con volto grave e tranquillo acchetò il popolo, assicurandolo di non temer di nulla, ben certo, che narrato il fatto com'era accaduto, ogni sospetto di colpa contro di lui sarebbesi dileguato. Dopo ciò francamente salì le scale del palazzo, e si presentò in pubblico Collegio. Ivi inspirato da una pura coscienza, comincia la tranquilla sua narrazione, senza accusar chi si sia, ma solo esponendo in prima il cattivo stato della flotta, indi com'era seguita la battaglia; quando inaspettatamente il Doge s'alza con isdegno e disprezzo, gli ordina di non proseguir più oltre, di togliersi dalla presenza del principato, e di passar in carcere per subire un rigorosissimo processo. Ad un procedere così iracondo ed ingiusto il Pisani a grande stento potè contenere il fervido suo temperamento; pure sforzossi di non dar segno d'odio o di livore; e quegli che sin allora dimostrate avea le virtù di un Eroe, prese ad esercitar quelle di una vittima. Rassegnossi alla suprema volontà del Governo, senza più aggiunger parola. La sua stessa invincibile fermezza dovea anche sola comprovare la sua incolpabilità.

Allorchè fu nota la sua prigionia, la moltitudine accorse nella piazza e nella corte di palazzo incredula di tanta ingiustizia. Ognuno interrogavasi a vicenda, fissavasi lo sguardo lagrimante, stringevasi dolentemente la mano, e l'afflizione universale sembrava quella di una famiglia desolata, che perduto abbia l'oggetto ed il sostegno di tutte le sue speranze. Niente per altro fu capace d'intimorire l'inflessibile animo degli Avvogadori, i quali, malgrado le comprovate difese del Pisani, le testimonianze degli ufficiali, delle ciurme, e fino de' prigionieri Genovesi, lo vollero reo, ed ottennero colle loro eloquenti aringhe dal Senato stesso di procedere criminalmente contro di lui. Si venne per ciò a fissare la qualità della condanna. Gli Avvogadori, che per diritto erano i primi a proporre, pronunziano che condotto in mezzo alle colonne di san Marco debba essere decapitato alla vista di tutti. Ne fremette l'intero Senato, e tuttochè a que' tempi gli animi fossero propensi alla fierezza, e frequenti fossero le punizioni ai patrizj, pure non v'ebbe chi acconsentisse a un tale eccesso. Volevasi bensì correggere chi avea esposto l'onore della Repubblica, ma non pareva cosa umana nè cittadinesca l'immolare ad un infame patibolo chi avea riportate tante vittorie, sottomesse più città e sostenute sin allora sì gloriosamente le armi della Repubblica. Dopo molto disputarsi, tramutossi dunque la sentenza in un anno di prigionia, in cinque di esclusione dai pubblici impieghi, e nel pagamento di una grossa ammenda.

Allorchè il popolo intese la condanna del Pisani, non potè più contenersi; cominciò ad alzar la voce, e a disapprovare francamente un giudizio che copriva di vergogna la nazione. Dicevasi, che chi era nato libero come il popolo Veneto, detestar dovea non meno il despotismo, che l'invidiosa ingiustizia, e per sino minacciavasi di non voler più servire sotto altri comandanti. Il Governo mostrossi superiore a queste grida impotenti, e si occupò soltanto in por riparo al pericolo che sovrastava; quand'ecco scorgersi dal campanile di san Marco un ammasso di vele, che s'avvicina. I Genovesi, riparata la loro flotta, ed aumentata anche colle nostre prede, dopo essersi impadroniti di quasi tutte le nostre isole dell'Istria, inseguirono un vascello Veneto carico di ricche merci, giunsero sino alle lagune, e quivi, dopo averlo preso, il posero a ruba ed abbruciarono sotto gli occhi stessi del popolo accorso sulla spiaggia senza osar nulla opporre. Tale è l'effetto della sorpresa; essa paralizza lo spirito ed il coraggio. I Genovesi, fatti arditi dalla buona riuscita e dall'inazione de' Veneziani, spingono innanzi la flotta, attaccano l'isola di Pelestrina rimasta deserta per la fuga degli abitanti, se ne impadroniscono, e fanno un incendio generale di tutte le case. Indi si dirigono verso Chioggia, discendono sul lido, mettono il fuoco in varie parti de' borghi, e spiegano sull'acque, con un fasto insultante, le bandiere Venete tolte ultimamente a Vittore Pisani.

Venezia tutta trovossi in grande costernazione. Altro ripiego non potea prendere il Governo che quello di concentrare tutte le proprie forze in difesa della città, fortificando i porti e chiudendone gl'ingressi. Ma mentre davansi questi ordini, il nemico che sconsideratamente erasi ritirato, ritornò sotto Chioggia, l'attaccò a più riprese e per terra e per mare, e comechè respinto con perdita considerabile, pur la Repubblica dovette perdere alla fine la più importante piazza che possedesse nelle lagune. Il nemico entrò in Chioggia.

Giunta l'infausta nuova a Venezia, sonossi campana a martello, gridossi all'armi. Il popolo accorse alla gran piazza, ed ognuno in udire questa fatalissima disgrazia fu colpito da tale disperazione che maggiore non l'avrebbe provata, se Venezia stessa fosse stata in procinto di venir presa d'assalto. Il popolo mormorava de' patrizj come lo avessero abbandonato, ed i patrizj se ne stavano confusi veggendosi sprovvisti del necessario; le donne piangevano amaramente; i fanciulli gridavano per tal confusione; alcuni, carichi dei lor tesori, andavano qua e là cercando i luoghi meno esposti onde depositarli; altri penetrando nelle Chiese si percuotevano il petto, e confessavano ad alta voce i lor peccati, come se giunto fosse l'ultimo istante del viver loro; tutti tenevano per perduta la libertà e il nome Veneto, e senza poter proferir parola, alzavano le mani al cielo implorando soccorso, donde solo si poteva sperare. Pure i Senatori si ragunarono insieme onde proporre alla meglio i mezzi atti a ritardare l'imminente pericolo. Ma che? non v'erano in pronto nè vascelli che potessero resistere ad un primo attacco, nè provvisioni bastanti, e già la fame cominciava a farsi sentire. L'arsenale solo offriva qualche mezzo, avendovi nei cantieri e nei serbatoj di che fornire bastantemente una flotta. Tosto furono chiamati al lavoro tutti gli artigiani capaci. Eranvi pur anche parecchie galee disarmate, ed eccitossi la popolazione tutta a compierne l'equipaggio. Quello fu il momento del maggior trionfo del popolo; poichè Taddeo Giustiniani odiato generalmente per la sua alterigia, essendo stato rivestito della carica del Pisani, recossi nella camera dell'armamento, e sedutosi orgogliosamente, circondato dai più potenti, chiamò i popolani a venire ad arrolarsi. Ma ognuno ricusò fermamente di dare il suo nome nei ruoli così della milizia che della marineria, protestando di non voler nè sotto esso, nè sotto verun altro comandante servire, che non fosse Vittor Pisani. Questo solo, dicevasi poter ancora salvare la patria, mentre l'invidia e le indegne passioni lo ritenevano nei ceppi. Le ciurme che avevano combattuto sotto il Pisani, unirono le lor voci a quelle della moltitudine, e così si aggiunse gente a gente, e voce a voce gridando: dateci il nostro capitano Vittore Pisani, ed allora combatteremo. Tai grida non erano nè ingiuste, nè sediziose, pure riuscivano discare al Governo, che incerto del partito a cui appigliarsi convocò il Senato. Si disputò per molte ore; alla fine fu deciso di liberare il Pisani. Come il popolo il seppe, videsi immantinente cangiata l'ira in allegrezza, e ritornata, per dir così, in vita la città. Ognuno accorse al palazzo Ducale per vederlo uscire di prigione, e fece rimbombar l'aria di grida di gioja e di plauso. Se ammirammo la costanza e la rassegnazione di quest'eroe nell'avversità, dobbiamo ancor più ammirarlo adesso nella sua esaltazione. Ricevette egli l'annunzio della sua deliberazione con fermezza d'animo e tranquillità di volto. Indi chiese la permissione di trattenersi la notte in prigione; e chiamato un confessore purgò la coscienza col Sacramento della penitenza. All'albeggiar del giorno, la plebe era già affollata alle porte della prigione. Ne uscì Vittore, ma appena avea posto il piede fuori, che la calca se gli fe' incontro ripetendo le acclamazioni: Viva, viva Vettor Pisani! E già la ciurma, superata la calca, sel leva sulle braccia, e il porta in trionfo nelle stanze superiori del palazzo, dove e nobili e senatori in gran numero, e il Doge stesso gli vanno incontro. Chi lo abbraccia, chi gli stringe la mano, chi infine presagisce ogni bene alla patria. Il Pisani mostrasi sensibile a sì solenni dimostrazioni di benevolenza, e prega di poter prima di ogni cosa entrare nella chiesa di san Nicolò, che come abbiamo altrove veduto, è il Santo Protettore de' marinaj, ad assistere alla messa. Allorchè il Sacerdote al terminar del Santo Sacrificio si volse verso di lui, che stava divotamente disposto per ricevere il Sacramento Eucaristico, il Pisani disse altamente agli astanti, che con quell'atto di pietà, egli intendeva di dare una pubblica testimonianza di sincera riconciliazione, e di offerta di tutto se stesso alla patria. Partito poscia dalla Chiesa, recossi al Collegio, che convocato solennemente stava attendendolo. Il Doge gli fece bell'accoglienza per disingannare il pubblico, che il Pisani fosse da lui riguardato di mal occhio. Indi lo esortò a dimenticare le offese, e ad avere a cuore la patria, che oppressa in mille forme veniva da quel momento alla di lui particolar cura affidata. Un'anima meno nobile della sua, sarebbe stata tentata di approfittar della circostanza per esalare il suo risentimento, e rilevare l'immensa ingiustizia di quanto egli ebbe a soffrire. Il Pisani da zelante cittadino, non sentì che la felicità di poter ancora prestare i suoi servigj alla patria. Rispose con quella dignità che gli era propria; ringraziò in prima il Doge della sua liberazione, indi della fiducia che riponevasi in lui; e promise di fare ogni sforzo per poter coll'ajuto di Dio difendere la patria contro ogni nemico. Appena egli ebbe chiuso il suo discorso, che il Doge e tutti gli astanti, commossi di tanta grandezza, lo abbracciarono colle lagrime agli occhi.

Uscendo egli dal Collegio per rientrare a casa sua, venne accompagnato da un'immensa folla di popolo, la cui gioja erasi convertita in una specie di ebbrezza; e non più abbastanza paghi del Viva Vittor Pisani, vi aggiunsero: Viva il Liberator della Patria! A queste acclamazioni, egli si volse sdegnoso alla moltitudine, ed a voce alta e tonante dichiarò, di non voler assolutamente sentire altre acclamazioni che quella di ogni vero cittadino: Viva San Marco! Quest'era forse la prima e l'unica volta che il buon popolo Veneto l'avesse dimenticata.

Nel dopo pranzo del medesimo giorno, fu egli chiamato a consulta dai Savj, urgendo di preparare la città alla difesa contro gli assalti della Lega, che avea ragunate potentissime forze nella vicina Chioggia. Fu allora che il Pisani ricevette una nuova e più prova convinciente dell'amore del popolo verso di lui, giacchè ognuno si offerse di servire sotto i suoi comandi ma egli che comando non avea, e che neppur voleva palesare il mistero per paura di nuovi tumulti, rispose dolcemente, ed insinuò alla moltitudine di recarsi alla Signorìa, onde da quella ricevere gli ordini opportuni. Quando il popolo in fatti riseppe non esser altrimenti il Pisani il Generale, e durar ancora in quel posto il Giustiniani, si ritirò sdegnato protestando di voler piuttosto lasciarsi tagliar a pezzi da' nemici, che servire sotto di questo; e discendendo le scale ognuno accusava altamente i nobili, che malgrado l'estremo pericolo della patria, conservassero tuttavia l'odio verso di un uomo sperimentatissimo nelle cose di mare, e risplendente di gloria sì per le sue azioni, che per le sue virtù, e caro al popolo. Per tali mormorii i nobili non si rimovevano dal proposito; ma finalmente il timor d'una sollevazione li fece cedere, e con unanimi voti venne rivestito della primiera dignità il Pisani. Non è a dirsi quanto il popolo ne giubilasse, e quanto grande fosse la folla di que' che correvano ad arrolarsi. In tre giorni il numero superò il bisogno.

Intanto che Venezia era tutta intenta alla preservazione dal suo ultimo asilo, e che tutto all'intorno rimbombava del frastuono delle armi ostili, il valoroso Carlo Zen, ad imitazione di Scipione Africano che mentre Annibale era alle porte di Roma portava la guerra a Cartagine, spinse anch'egli la sua flotta sino alla riviera di Genova, bruciando e distruggendo quanto non poteva seco trasportare. Recatosi poscia ne' mari Orientali, predando tutt'i bastimenti nemici che gli venìa fatto d'incontrare, depose in Candia i prigionieri, penetrò fino nella stessa Costantinopoli, dove gli riuscì di debellare i Genovesi e tutto il partito di Andronico, discacciar questo, restituire il trono all'imperator Calogiani, apportando poscia infiniti danni ai Genovesi di Pera. Ma il nostro pericolo era sì imminente, che malgrado tutti gli sforzi di Vittore Pisani, de' quali parlano minutamente le Storie, fu necessità chiamare anche il Zen in ajuto della patria. Questi abbandonò tosto ogni sua nuova impresa, lasciando per ogni dove un nome sì formidabile, che mai non ne fu spenta la memoria.

Il Senato Veneto, perchè nulla rimanesse intentato, volle anche cercar la pace. Mandò a Chioggia i molti prigionieri Genovesi che avea, e li offerse gratuitamente a Pietro Doria, mescendo insieme proposizioni di accomodamento. Ma quel superbo, lungi dal prestare orecchio ai deputati Veneti, rispose in aria sprezzante, che non si curava punto del dono, poichè fra pochi giorni sarebbe già andato egli stesso a Venezia a liberar quelli, ed anche gli altri loro compagni. Si volsero allora le mire sopra il Carrarese Signor di Padova. Il Doge gli scrisse una lettera per sollecitarlo a spedirgli i passaporti, perchè i deputati Veneti potessero presentarsi a lui ed introdur trattative. Ma egli pure, atto altiero de' suoi proprii successi, prese quest'atto come una specie di sommessione, e rispose con arroganza, che non ascolterebbe gli Ambasciatori della Repubblica, se non se dopo essere venuto a por la briglia ai quattro Cavalli di bronzo che stanno sulla porta maggiore della Chiesa di San Marco. Non rimaneva altra speranza che quella di persuadere il re di Ungheria a rappacificarsi, e si volle tentarla; perchè è certo, che se potevasi separare un solo degli alleati, Venezia avrebbe immediatamente cangiato di condizione. A quest'effetto dunque il Senato gli spedì ambasciatori; ma quel re fece sì esorbitanti dimande che anche tutte le ricchezze de' Veneziani di quel tempo bastato non avrebbero a soddisfarlo...... Il Senato offeso, irritato, indignato contro sì prosontuosi nemici, prese la ferma risoluzione di fare ogni sforzo ed i maggiori sagrifizj per trionfare di tanta animosità, e salvare la pubblica indipendenza. Il popolo stesso, quel popolo, che pur non avea, siccome i patrizj, da difendere nè i nomi, nè il potere, s'unì negli stessi sentimenti, e volonteroso accorse ad offrir vita e sostanze sull'altar della Patria. Le donne Veneziane anch'esse, emule delle generose Romane all'occasione di Brenno, e dopo la disfatta di Canne, fecero a gara nel portare al pubblico tesoro smaniglie, perle, gemme ed altri preziosi ornamenti; e se quelle antiche ricevettero per ricompensa un ampio elogio recitato dalla Tribuna, io credo, che le nostre (tanto era il loro patrio entusiasmo) avrebbero sdegnato una simile fastosa mercede.

Ad onta di tanto favore, l'idea del pericolo erasi così ingigantita, che, a detta di alcuni scrittori, si agitò in Senato la proposizione di abbandonar Venezia e di trasportare la sede del Governo in Candia o a Negroponte. Ciò per altro non è a credersi, e particolarmente per l'impossibiltà dell'esecuzione. Il Doge ed alcuni pochi Magistrati avrebbero ben potuto imbarcarsi sperando di fuggire alle flotte nemiche; ma una tal partenza avrebbe avuto la sembianza di un'evasione, e di un vergognoso abbandono della patria. D'altra parte, lasciare i suoi focolari, le sue ricchezze, il suol natìo per conservare l'indipendenza in un'isola lontanissima, sarebbe stata azione sublime, se la nazione tutta avesse potuto prendere egual parte in sì nobile risoluzione; ma come mai imbarcare tutta la numerosissima popolazione, in un momento in cui non v'era nemmeno una flotta bastante a ricevere i principali cittadini, e a protteggere la loro fuga? Non v'avea dunque che un sol partito da prendere, quello di perire par la patria, o colla patria. La eroica risoluzione venne premiata subito da un qualche vantaggio riportato, per cui si conobbe che tutto non era ancora perduto, benchè il nemico fosse a Malamocco, cioè a cinque miglia dalla Capitale.

Il Governo approfittò della favorevole circostanza per decretare l'apparecchio di quaranta galere; e tale fu la sollecitudine del popolo nel presentarvisi, che in tre giorni 34 erano già equipaggiate, ed i soggetti più cospicui tra i nobili furono destinati a comandarle. Indi il Doge Andrea Contarini, presentatosi in mezzo al Popolo perorò da vero cittadino con commozione di tutti; raccomandò il governo della città agli Ottimati, e fece celebrare con grande solennità la Messa allo Spirito Santo. Terminata questa, fece egli inalberare sulla galea di Luca Contarini lo Stendardo Ducale, s'imbarcò il primo, benchè fosse più che settuagenario; lo seguirono i suoi Consiglieri, e venne accompagnato dai più vivi applausi, dalle lagrime di tenerezza, dalle benedizioni di tutto il Popolo. Questa veramente patriottica condotta del Doge fece la più viva impressione. Non era svanito dalla memoria, che al momento della sua elezione a Doge, egli n'era stato sì afflitto, da ricusare costantemente un tanto onore, dicendo di non esser assolutamente capace di sostenerlo degnamente, ed avendo resi vani i consigli e le preghiere de' suoi amici e congiunti, avea costretto il Senato, per vincere la sua ostinazione, a spedirgli un Avvogadore, che gli dichiarasse di sottomettersi ai voti della Nazione, o di essere considerato come reo di Stato per la sua disubbidienza. Parve adunque un miracolo il suo cambiamento; ma non riflettevasi forse alla differenza de' tempi. All'epoca della sua elezione la Repubblica era in pace con tutte le potenze; un ordine esatto in tutto conservava la tranquillità interna; ed il commercio floridissimo rendeva tutti opulenti. Quindi ogn'individuo poteva godere allora una felicità a sua voglia, senza punto mancare a' suoi doveri, ma all'epoca presente, lo stato infelicissimo della Repubblica esigeva che ogni buon cittadino dimenticasse sè stesso per dedicarsi interamente ad essa. Così pensava il Doge Contarini, e così operò; e ben si vede non esservi cosa più capace d'inspirare ardore e coraggio ai marinai ed ai soldati quanto l'esempio illustre di chi dirige lo Stato. Decretossi, che una porzione del Senato s'imbarcasse con lui per assisterlo ne' Consigli, e per dirigere le operazioni della guerra. Indi altro partito fu preso per tener vivo il fervore nel cuor de' cittadini: che le trenta famiglie popolari, che si fossero distinte nel prestar utili servigi alla Patria, sarebbero state, dopo la pace, ammesse colla pluralità de' voti al patriziato, e che le altre otterrebbero pensioni e gratificazioni; ed essendo forestiere, il fregio e i diritti della cittadinanza. Il Decreto fu assai avveduto e saggio. Esso non mirava già a porre vergognosamente in vendita il patriziato, ma di quest'eminente prerogativa si valeva come d'un pungolo potentissimo ad avvivare lo zelo, e d'una larghissima ricompensa a coronarlo. Niente in fatti può esservi di più giusto quanto il nobilitare per tal modo la virtù ed i servigi resi alla Patria. L'ambire e ostentare tanto onore senza meriti, è cosa egualmente spregevole, quanto l'invidiarlo e contrastarlo a chi per antico diritto il possiede, senz'averlo mai demeritato. In Venezia particolarmente era più solido e reale che altrove, poichè ad esso esclusivamente era attaccato il diritto a tutte le Magistrature dello Stato. I nuovi nobili per merito potevano dunque rivaleggiare con que' che traevano l'origine dalle famiglie più rispettabili di Roma e dell'antica Venezia, dalle quali scesero anticamente i Tribuni che governarono per alcun tempo le isole: famiglie che senza ricorrere ad una genealogia favolosa, possono vantare una nobiltà più antica di qualunque casa oggidì più risplendente. La speranza di ottenere un sì bel privilegio, in aggiunta al patrio amore, fece fare sforzi prodigiosi a danno del nemico che osava assai spesso uscir baldanzoso dal Forte di Brondolo. Si raddoppiò grandemente il coraggio allorchè la tanto sospirata flotta di Carlo Zen giunse in porto, recando seco buon numero di navigli carichi di prigionieri e di ricche spoglie nemiche di somme rilevanti di danaro, e di abbondantissime provvisioni di viveri. Con quest'aumento di forze, sotto gli ordini di un guerriero sì illustre, Vittor Pisani non può più moderare la sua ardente brama di accettar la disfida del nemico, che non cessava d'istigarlo e vilipenderlo per tal ritardo. Ne chiede egli la permissione al Doge, ed ottenutala, esce pieno d'animo e di esultazione dal porto, allarga le sue venticinque galee e le distende in vasto giro. A tal comparsa il comandante nemico, che non era più il Doria, nè alcuno di que' tanti volorosi i quali periti erano negli ultimi fatti, ma un certo Matteo Maruffo, orgoglioso ed insolente, fa suonar le trombe, raccogliere i navigli, e si accinge a sostenere arditamente l'attacco. Stavansi spettatori sì gli assedianti, che gli assediati; i primi dai legni dell'armata di Lova; i secondi dai tetti delle abitazioni di Chioggia, mandando tutti gradissime grida per dar coraggio alla sua parte, quando con universale sorpresa si vide tutto ad un tratto il Maruffo levarsi e prender la fuga. Il Pisani lo insiegue, ed il rimanente della flotta se ne rimane ferma alla bocca del porto di Chioggia, tuttochè di continuo tormentata da' colpi delle bombarde, che dalla piazza vanno a ferire lo stendardo della stessa galera del Doge. Ma questi intrepido non volle mai che la sua armata si ritirasse, dando egli, benchè il più esposto, l'esempio agli altri di un'eroica fermezza. Il presidio di Chioggia, vedendo che nulla bastava a fare che i Veneziani si rimuovessero dall'assedio, perduto il coraggio, e sempre più travagliato dalla fame, e disanimato dal pericolo, si mise in tale disperazione da cercare unanimamente la fuga e di salvarsi sopra piccole barche. Il Zen a tempo se ne accorge, impedisce l'evasione, s'impadronisce di cinquanta di quelle barche, uccide una gran quantità di que' fuggiaschi, molti ne fa prigionieri, e solo uno scarso numero può salvarsi rientrando in Chioggia. Disperati della loro situazione, studiano altro mezzo di salvar la vita. Spediscono deputati a Carlo Zen per offerirgli oro, argento, armi, la città stessa, purchè vengano rimandati liberi ai loro nazionali. Il Zeno, sdegnato altamente di questo vile mezzo di arrendersi, lo rigetta; nondimeno ne informa il Principe, il quale non men di lui sentì quanto sarebbe stato disonorevole il lasciare partire liberi que' nemici implacabili de' Veneziani. Si giurò anzi di non voler giammai accettare veruna condizione che fosse proposta da' Genovesi. Questi alla fine stimolati dalla fame e mancanti di lena, giacchè la maggior parte di loro era omai ridotta ad inghiottir le correggie degli scudi mollificate e cotte nell'acqua bollente, dovettero spedire ambasciatori al Doge per tentare colle preghiere e le lagrime di ottenere la vita, ma non già di liberarli per allora della prigionia. Videsi tosto levar dalla torre lo Stendardo Genovese e aprirsi le porte della città. Il Zeno con un grosso distaccamento fece il suo solenne ingresso quel giorno stesso, cioè il 22 giugno dell'anno 1380. S'impadronì di quanto rimaneva della flotta nemica, consistente ancora in vent'una galere, e in molti altri navigli. La guarnigione era forte di 4170 Genovesi, di 168 Padovani, di alcuni Friulani e di un piccolo numero di Greci e di Dalmati, che vennero disarmati e lasciati tutti partire. I Padovani e i Genovesi furono spediti a Venezia e posti in prigione. Allorchè si presentarono quelle faccie sparute e livide, que' corpi, per così dir, disseccati dalla fame e da' patimenti del lungo assedio, i buoni Veneziani si sentirono sì vivamente commossi, che accorsero colla più viva premura per ajutarli; ma il loro stomaco esausto di forze era cagione, che molti perissero; tanta era l'avidità con cui prendevano il nutrimento. Furono somministrati loro abiti, coperte, legna ed ogni cosa opportuna. Assicurasi inoltre che molte donne, ed anche alcune matrone, postergando ogni rancore verso coloro che in guerra uccisi aveano i loro padri, figli e mariti, e tentato ogni modo per invadere la loro patria, ed occupare le proprie abitazioni, abbiano esse per solo impulso di pietosa umanità, prestato nelle carceri a quegl'infelici tutti li possibili soccorsi. Tutto ciò merita di essere registrato negli annali della sensibilità.

Il governo pensò di dare al ritorno del Doge un aspetto trionfale; e frattanto che si attendeva ai preparativi, furono spediti dodici nobili per felicitarlo del prospero successo di un'impresa in cui egli avuto avea sì gran parte. Di due cose particolarmente egli era benemerito. L'una dell'essere stato il primo ad ipotecare la sua rendita ed a fondere tutta la sua argenteria per soddisfare ai bisogni dello Stato, dando col suo esempio una lezione di generosità a tutti i cittadini. L'altra di aver voluto mettersi egli stesso alla testa della flotta, e di averla sempre animata in modo da ottenere effetti prodigiosi. Qual elogio non meriterebbe in oltre, considerando la fermezza con cui in un'età tanto avanzata sostenne le fatiche e i pericoli d'un assedio di quasi dieci mesi?

Il primo luglio il Doge Andrea Contarini lasciò la flotta per restituirsi a Venezia. Giunto all'isola di S. Clemente vi trovò il Bucintoro pieno di Senatori per riceverlo e accompagnarlo. Tutti gli abitanti della città accorsero ad incontrarlo; le barche ed i battelli coprivano la laguna. La lunga riva degli Schiavoni, tutte le finestre delle case erano piene di gente; ne formicolava sino su i tetti. Allorchè fu visto da lungi avvicinarsi il magnifico naviglio, che bastava solo colla sua comparsa a risvegliare in ogni veneto cuore il sentimento di un superbo patriottismo, ed in quello d'ogni forestiere illuminato una viva ammirazione, le grida di gioja superarono lo strepito delle campane ed il rimbombo dell'artiglieria. Per sopra più, vi giungeva esso questa volta remigato con remi presi al nemico, e seguito da un buon numero di galee, che appartenuto aveano ai Genovesi. Era quello paviglionato in tutta pompa, ed ornato di nuovi trofei. Gran quantità di bandiere nemiche circondavano lo scudo del capitan Generale genovese, ch'era formato, secondo l'uso di que' tempi, di cuojo cotto; nel centro eravi in alto rilievo lo stemma del comune di Genova, il S. Giorgio a cavallo di gesso dorato. In fine tutto formava uno spettacolo veramente incantatore. Approdato il Bucintoro al molo, ne uscì il Doge coll'augusto suo accompagnamento; ed in mezzo alle acclamazioni le più sincere. Non potè egli ritener le lagrime della commozione nel sentirsi acclamato padre e salvatore della patria, quantunque pur tutti avessero avuto sì gran parte nella sua difesa. L'espressione di ognuno può meglio, che dalla mia penna, conoscersi dal gran quadro di Paolo veronese nella facciata della pubblica Biblioteca, dove questo celebre pittore con tinta calda e saporita rappresentò l'arrivo trionfale del Doge a Venezia.

I primi suoi passi furono diretti alla basilica di S. Marco, onde ringraziare l'Altissimo della protezione accordatagli, e di avere coronato con sì felice riuscita i suoi voti. E veramente compiuta, si può dire, che fosse la grazia; giacchè la mediazione del Duca di Savoja procacciò a Venezia, non solo co' Genovesi, ma con tutte le potenze alleate la desideratissima pace. Tuttavia v'ebbero molte difficoltà da superare, l'ultima delle quali si fu una specie di puntiglio. Le due parti principali di questa guerra, cioè Genovesi e Veneti, si erano entrambe ostinate, per certo mal inteso decoro, di non esser le prime a chiedere la pace. Alla fine i plenipotenziarj Veneti terminarono la questione, dicendo: Noi la domandiamo non già come vinti, o costretti a chiederla, ma come vincitori e trionfanti. Gli articoli della pace dimostrarono effettivamente la verità dell'asserzione, e le conseguenze della guerra comprovarono vie più la superiorità della Repubblica di Venezia su quella di Genova. L'una e l'altra sostennero press'a poco gli stessi mali durante la guerra, ma come questa cessò, ben diversa fu la loro sorte. Per Genova cominciò l'epoca della sua decadenza. Essa non solo non fu più in caso di pretendere al grado di primaria potenza in mare; ma a cagione delle sue continue discordie interne, del suo irregolare, confuso ed instabile governo, cadde or nella civile or nella estrania tirannia, attraendosi con tal condotta la non curanza, anzi la disistima delle nazioni. Venezia al contrario, divenuta vincitrice di quasi vinta ch'ell'era, dopo di aver resa inetta la sua rivale, scortata dalla fama, accompagnata dalla gloria, si rese non solo padrona de' mari e del commercio, ma fece in breve sì rapidi progressi anche in terra, da rendersi potenza considerabilissima, influente ne' grandi affari politici, temuta per la sua forza, ed ammirata sempre più per il suo saggio ed illuminato governo.........

Gli articoli della pace furono adunque segnati. Se ne pubblicò a Venezia la nuova, che venne ricevuta colla massima esultazione. La prima cura del governo fu l'eseguimento del decreto del primo dicembre 1379 per la scelta dei nuovi nobili. Cominciossi dal dichiarare, che tutti quelli che credevano di avere prestato maggiori servigi alla Repubblica per la liberazione di Chioggia, e che aspiravano all'onore del Patriziato, dovessero dare i loro nomi alla Cancelleria Ducale, con una notizia esatta di quanto avevano operato. Sessanta cittadini s'inscrissero nella lista de' Candidati. Molti più avrebbero potuto concorrere, se la morte non li avesse rapiti o sotto Chioggia o tra i disagi della prigionia.

Li tre settembre si convocò il Maggior Consiglio. Vi furono letti tutti li nomi de' concorrenti, e si confrontarono i meriti degli uni cogli altri. Nè la nascita, nè alcun'altra qualità personale aver poteva nessuna influenza; i soli servigi resi nell'ultima guerra dovevano venir coronati. Ogni nome fu ballottato separatamente. Questi esami, e queste ballottazioni occuparono tutta la giornata, ed una gran parte della notte, cosicchè non vi fu più tempo per allora di manifestarne il risultato.

Il dì 4 finalmente pubblicaronsi a S. Marco ed a Rialto i nomi dei trenta individui, che col maggior numero di voti erano stati eletti membri del gran Consiglio, per dover essi, i loro eredi e discendenti, essere ricevuti, tenuti e considerati nel numero de' Patrizj, ed avere gli stessi onori, le stesse prerogative, la stessa parte al governo di tutte le altre famiglie patrizie.

Fu ammirabile l'imparzialità de' nobili, poichè tutti gli eletti furono tratti dalla classe del popolo. Se non ci fosse stata la ferma intenzione di eseguire a puntino il decreto, non sarebbero mancati pretesti per dar la preferenza a persone di nascita meno umile, che quella non era de' prescelti...... Nè Venezia ebbe certo a pentirsi di avere seguito anche in quest'incontro le sue regole generali di giustizia e di osservanza alle sue promesse; poichè i servigi, resi da queste famiglie nella successione de' tempi, hanno ben meritato quel rispetto che tutte le nazioni accordano ai nomi celebrati nelle storie.

Nel giorno 5 i trenta Candidati seguiti dai loro parenti, dagli amici, e da una gran folla di spettatori, si recarono alla basilica di S. Marco, avendo ciascuno in mano una candela accesa. Assistettero al divin Sagrificio con una divozione esemplare. Si recarono poscia tutti insieme al palazzo Ducale, e presentatisi al Doge ed alla Signoria, ringraziaronlo dell'insigne beneficio, offrirono l'opera loro e la vita stessa per l'onore della Repubblica e giurarono fedeltà nelle mani del Principe; ed alloraquando furono compiute tutte le formalità, felici ed allegri rientrarono nel seno delle loro famiglie a celebrarvi, ognuno a suo modo, una festa, che divenne con ciò una festa nazionale, di cui non perdettero giammai la rimembranza.

Non pago per questo il Governo, volle che più suntuosamente si celebrasse la pace con giostre e varj altri spettacoli, atti a far riprendere la naturale giovialità interrotta dalle calamità della patria. A goderli concorse tutta la numerosissima popolazione, non che una immensa quantità di forestieri. Il bel sesso, che con singolare e spontaneo eroismo escluso avea per tutto il tempo della guerra qual si sia festa o passatempo, intervenne a questi; e così il comun giubilo prese un aspetto di maggior gentilezza e diventò più perfetto.

Il popolo avrebbe pur anche desiderato che venisse instituita un'annua festa, ma il Senato per giusti motivi non giudicò sano l'acconsentirvi; bensì combinandosi che appunto in quel medesimo giorno celebravasi altra vittoria contro i Genovesi, decretò a soddisfazione del popolo, che il dì di S. Marziale fosse più solenne di prima. In che poi consistesse quest'aumento di splendore non sapremmo additarlo, perchè sin da tempi lontani non conoscevasi più questa festa, che come una delle tante Sagre che si solenneggiavano a Venezia. È però a credere, che festeggiandosi in tal giorno queste nostre vittorie, il Doge stesso col suo augusto corteggio, montato ne' suoi maestosi Peatoni, intervenisse alla chiesa di S. Marziale per assistere alla messa cantata, e dare così maggior risalto a questa festività; ma anche ciò era andato in disuso, anzi in dimenticanza. Era però rimasto sempre giorno festivo il primo luglio, in quanto che in esso le faccende forensi cessavano, ed il popolo concorreva annualmente tutto giulivo alla parrocchia di S. Marziale, essendovi rimasto l'effetto, benchè si fosse smarrita la causa.


FINE DEL VOLUME QUARTO.